诺贝尔文学奖得主
莫言剧作

The
Spirit of
Rooster

MO YAN

图书在版编目(CIP)数据

锦衣/莫言著. —杭州：浙江文艺出版社,2024.6(2024.6重印)
ISBN 978-7-5339-7549-4

Ⅰ.①锦… Ⅱ.①莫… Ⅲ.①戏曲文学-剧本-中国-当代 Ⅳ.①I230

中国国家版本馆CIP数据核字(2024)第059369号

策划统筹	曹元勇
责任编辑	苏牧晴
营销编辑	耿德加　胡凤凡
责任印制	吴春娟　睢静静
封面设计	人马艺术设计·储平
插页设计	吴　瑕

锦衣

莫　言　著

出版发行	浙江文艺出版社
地　　址	杭州市环城北路177号
邮　　编	310003
电　　话	0571-85176953(总编办)
	0571-85152727(市场部)
印　　刷	上海盛通时代印刷有限公司
开　　本	850毫米×1120毫米　1/32
字　　数	90千字
印　　张	6.375
插　　页	4
版　　次	2024年6月第1版
印　　次	2024年6月第2次印刷
书　　号	ISBN 978-7-5339-7549-4
定　　价	56.00元(精装)

版权所有　侵权必究

作者书法

鳄鱼泼辣贪钓饵，六翻腾飞入飞梦里神，似鱼跳轰醒中，精怪睡梦，哗沙滩静卧装枯木，暗送私通入秘窟，三百诗词求妙谛，醍醐灌顶授玄机

癸卯腊月十六日 真言

题《锦衣》

鳄鱼读罢看锦衣,水下翻腾天上飞。
梦里神仙惊艳丽,丑中精怪显奇晖。
沙滩静卧装枯木,暗道私通入秘闱。
三拜莎翁求妙谛,醍醐灌顶授玄机。

癸卯腊月十六日 莫言

目　录

锦　衣

剧中人物 / 003

剧情背景 / 007

序　幕 / 009

第一场　桥头卖莲 / 011

第二场　姑侄联手 / 021

第三场　盐铺诈银 / 037

第四场　一仆二主 / 055

第五场　洞房伴鸡 / 068

第六场　坟前再诈 / 072

第七场　母悲妻盼 / 079

第八场　挑盐路上 / 088

第九场　星官归来 / 104

第十场　锦衣闪烁 / 111

第十一场　撞墙救鸡 / 115

第十二场　两情缱绻 / 130

第十三场　公审奇案 / 141

第十四场　聚歼群丑 / 150

尾　声 / 154

附　录

门外谈戏 / 159

锦 衣

剧 中 人 物

季星官——留日学生,同盟会会员,在剧中扮演公鸡幻化之人季京。

宋春莲——本是多情善感之柔弱女子,但苦难临头后,能挺起腰杆,与命运抗争。敢做敢当,视死如归。追求自由幸福,但不愿为人利用作工具。

王　婆——旧日乡村中以保媒拉纤为职业者。巧舌如簧,贪图小利,好坑蒙拐骗,虽是小恶,但亦能害人终生。此类人物多半也是受害者;受害者转变为害人者,促成这转变的是腐败的社会环境。

王　豹——王媒婆的娘家侄儿,在县衙当差,是知县的心腹、知县儿子的爪牙。世上很多坏事,是在这种小人物手中完成的。这种人熟悉官场规则,了解民间情况,见人说人话,见鬼说鬼话,满腹机巧,八面玲珑,见利忘义;能见风使舵,随机应变,即便是改朝换代,也能混得红红火火。昏庸官员实则是他们的傀儡。

季王氏——顺发盐铺掌柜,季星官之母。这是个小买卖人,明白事理,怕官贪利;疼儿恨媳,是旧时代的一个标准的婆婆样板。她很不慈善,但也不是坏人。

庄有德——高密知县,昏庸贪官。他不是正途的科举出身,是花钱捐来的官。这种"捐官",被进士出身的官员鄙视,但他们往往不按常规出牌,敢想敢干,在晚清的腐败官场,反而如鱼得水。尽管他们这种官员对大清朝腹诽甚多,但毕竟也是旧制度下的既得利益者,所以在镇压革命、维护满清统治这一重大问题上,立场是鲜明的,态度是坚决的。

庄雄才——知县公子,在父亲的帮助下窃取县盐业局

　　　　局长、洋枪队队长之职。虽是纨绔子弟，但情感丰富，贪恋女色，略有文才，好吟歪诗。

秦兴邦——留日学生，同盟会会员。

刘　四——二流子，王豹的瓜蔓亲戚。

挑担男——善良人民的代表。

抱婴女——善良人民的代表。

宋老三——春莲的父亲，大烟鬼。

糖球小贩——小贩。

卖炉包的——小贩。

朝天锅主——小贩。

公鸡——演员扮演。

鹰——演员扮演。

狗——演员扮演。

庄雄才跟班（混混、喽啰）若干人。

男女村民若干人。

革命党若干人。

剧 情 背 景

时代背景：清朝末年，大批山东青年去日本留学。他们接受了现代文明熏陶，受到孙中山革命思想影响，痛恨满清腐败落后之现状，深忧列强瓜分中国之前景，于是或受组织派遣，或自由组合成小组，潜回家乡，刺杀官吏，攻打城市。一时间，革命烽烟四起，易旗呼声高涨。清政府对此深感忧虑，密令各级官员，严加防范，一旦发现潜入故乡、图谋造反的留学生，可先斩后奏。

故事发生地：高密东北乡。

故事原型：革命党举义攻打县城的历史传奇与公鸡变人的鬼怪故事融合在一起，成为亦真亦幻之警世文本。

序　幕

〔雄鸡报晓,天高气爽,金秋时光。远山如黛,高粱似火。

〔在低沉浩荡犹如大河奔流的音乐声中,京胡独奏,宛如明亮的浪花溅起,轻灵生动,不绝如缕。

幕后合唱　一朵芙蓉头上戴,
　　　　　　锦衣不用剪刀裁。
　　　　　　果然是个英雄汉,
　　　　　　一唱千门万户开。

第一场　桥头卖莲

〔通往县城的小石桥边,一个小型的集市。

〔卖糖球葫芦的小贩喊叫:糖球——葫芦——

〔卖炉包的小贩喊叫:韭菜炉包——新出炉——

〔朝天锅前,小贩喊叫:热火朝天——牛杂汤——

〔宋老三手牵一根绳子,绳子拴着女儿春莲的腰。春莲的头上插着一棵狗尾巴草。

宋老三　(低沉、苍凉地)卖人——黄花闺女——
春　莲　(挣扎着欲往前跑,被宋老三扯住)爹,你让我死了吧……

糖球小贩 我说宋老三,这样的黄花闺女,到城里胭脂巷,有多少卖多少,保证能卖个好价钱。

宋老三 高邻,少管闲事。

卖炉包的 宋老三,我看你是大闺女要饭——死心眼儿。这样的闺女,不就是一棵摇钱树吗?还用插着草儿卖呀?

宋老三 高邻,嘴上积德吧。

朝天锅主 是啊,这年头,什么事没有啊?大家各人自扫门前雪吧。喂,宋老三,我看你鼻涕一把泪两行的,大烟瘾犯了吧?要不喝碗牛杂汤?我这汤里,煮了几个大烟葫芦儿,没准还能缓缓你的瘾劲儿。

宋老三 多谢高邻,咱家自己熬着。

朝天锅主 能熬就是英雄汉哪!

春　莲 爹,求求您让我回家吧……

宋老三 闺女啊,不是爹忍心卖你,是你娘托梦让我来卖你。

春　莲 爹,你分明要将女儿卖了换大烟,还说我娘

　　　　托梦给你……

宋老三　女儿啊!

　　　　（唱）

　　　　不要错将爹埋怨，

　　　　今天是你的好姻缘。

　　　　你娘托梦告诉我，

　　　　让我卖你到桥边。

　　　　等待贵人将你买，

　　　　从此后你吃穿不愁福连绵。

春　莲　（唱）

　　　　老爹爹休要将女儿骗，

　　　　你嘴里全是假语和谎言。

　　　　我娘让你活气死，

　　　　田地家产被你糟蹋完。

　　　　现如今你又狠心将我卖，

　　　　为的是换来银钱抽大烟。

　　　　你前脚拿了银子走，

　　　　后头我就去寻短见。

　　　　爹爹呀，你好生保重吧……

宋老三 （唱）

听女儿一席话愁肠寸断，

宋老三我不是全无心肝。

我本是小康户家境殷实，

染上了大烟瘾一切玩完。

昨夜晚亡妻托梦给我，

忍讥讽冒耻辱来把梦圆。

但愿这个梦能够实现，

女儿享福我也能把光来沾。

［革命党人秦兴邦和季星官化装成夫妇，骑驴来到桥头。

秦兴邦 （唱）

革命军掀浪潮风起云涌，

季星官 （唱）

巧化装潜回乡策划暴动。

秦兴邦 （唱）

大清朝即将要土崩瓦解，

季星官 （唱）

一把火烧起来照亮全城。

秦兴邦 娘子——

季星官 （低声）谁是你的娘子！（对秦兴邦）唉，夫君有何吩咐？

秦兴邦 娘子，过了这小桥，往前走三里路，就是县城东门了。

季星官 想那伯韬同志已经在城中骡马巷为我们准备好了秘密住处，我们应该喝几杯高密白干，解解这奔波的劳乏。

秦兴邦 清政府困兽犹斗，县城内鹰犬甚多，我们要汲取以往的教训，加倍小心，不敢有丝毫的麻痹大意。

季星官 夫君放心，这一次，我们一定要成功，我们一定能成功。

秦兴邦 娘子小心慎言，前面就是集市了。

季星官 夫君，我闻到炉包的香味了，这可是故乡的味道啊。

秦兴邦 娘子，赶路要紧。

〔卖炉包的卖糖球的卖牛杂朝天锅的，见有客来，热情地吆喝着。

宋老三 （苍凉地）卖人——黄花闺女——

季星官 （唱）

听老汉一声喊万箭穿心，

光天化日下大卖活人。

秦兴邦 （唱）

大清国早已是病入膏肓，

可怜我人民积弱积贫。

季星官 （唱）

恨不得将义旗立刻举起，

砸烂这旧世界再造乾坤。

宋老三 卖人——黄花闺女——

春　莲 爹……我不想活了……

季星官 （唱）

我看她星眸樱唇天生丽质，

俨然是仙女蒙难降落凡尘。

欲下驴上前去将她来问——

秦兴邦 娘子，天近正午，我们快快赶路吧。

季星官 （唱）

又听得兴邦兄催促频频。

宋老三　卖人——

春　莲　爹爹……

秦兴邦　（唱）

　　星官兄多情郎感情用事，

　　我必须严防他因此分心。

季星官　（唱）

　　我见她柳眉蹙珠泪点点，

　　不由得心中生出怜悯。

　　草标插头千痛万恨，

　　我应该出手救她免遭沉沦。

秦兴邦　娘子，天色不早，我们要快快进城，免得亲人牵挂。

季星官　（唱）

　　虽说是革命的重任在身，

　　实在是放不下这俏美的佳人。

　　下驴来急向前开口动问，

　　（白）

　　你这老人，这女子可是你亲生的女儿？

宋老三　是我亲生的女儿。

季星官 （唱）

　　　　常言道虎毒不食亲生子，

　　　　插草卖女是何原因？

宋老三 （对秦兴邦）客官，你们走你们的路，我卖我的女儿，咱们是井水不犯河水。

秦兴邦 娘子，快快上驴，天色真的不早了，你可记得我们的约会？

季星官 你这老人，需要多少银子？

秦兴邦 （旁唱）

　　　　革命经费不能动用分文。

宋老三 （打量着季星官）看你这打扮像个女子，可听你的声嗓，又像个男人，难道你要买我的女儿？

秦兴邦 （旁唱）

　　　　破绽露出不由我焦急万分。

季星官 （对春莲）这位小姐，你可愿意跟我走？

秦兴邦 （严厉地）娘子，你过分了，快快随我进城！

宋老三 我家女儿，一不给人做小，二不给人做婢，请你们不要纠缠。

季星官 小姐，你可愿……

秦兴邦　我家娘子性好戏谑,出言无状,还望老爹和小姐鉴谅!娘子,你再不走,为夫真的生气了!

　　［秦兴邦将季星官推上驴背,匆匆赶驴离开。

　　［季星官不时回头张望。

季星官　(唱)

　　我与她一见如故仿佛旧交,

　　好像是前世种下的根苗。

秦兴邦　(唱)

　　劝季兄切莫忘领袖教导,

　　革命事大,情感事小。

　　等到那胜利旗帜城头飘扬,

　　再回这石桥头将她来找。

季星官　(唱)

　　怕只怕到那时花儿凋零,

　　如此的遗憾终生难消。

　　罢罢罢,且放下烦恼事先去革命,

　　要学那汉家名将霍嫖姚。

春　莲　(唱)

　　这一男一女行止蹊跷,

似乎是读书人出城逍遥。
那男的似大哥稳重沉着，
那女的似小弟言语轻佻。
这样的好夫妻天下难找，
可怜我宋春莲头插草标。

宋老三 卖人——黄花闺女——

春　莲 （哭泣）我的命好苦哇……

第二场　姑侄联手

［前景。

［王婆穿过膝偏襟大褂、扎腿灯笼裤,脸贴膏药,手提大烟锅,一路小跑上。

王　婆　（数板）

奴家我本姓王,

丈夫季二狂。

膝下无儿女,

越活越凄凉。

（白）

想俺王贵香,当年也是那大户人家的黄花闺女,从小是吃香的,喝辣的,穿绸的,披缎的。那算命的瞎子说俺有娘娘之福、诰命之相,谁知道,却嫁了个好吃懒做的二流子!嗐!都是被李大嘴那个老媒婆子给害了!

(数板)

这正是,男怕入错行,

女怕嫁错郎,

这水灵灵的鲜花哟,

就怕插在牛粪上。

(唱)

俺也曾,苦口婆心将他劝,

却好比,怀抱着琵琶对牛弹。

说轻了,他哼哼哈哈不理睬,

说重了,他瞪着牛眼抡老拳。

俺也曾,扬言跳井寻短见,

他却说,你前头跳下去,

我后边往下扔磨盘。

俺也曾,喝下假药吓唬他,

他捏着俺的鼻子,屎汤子灌进两大碗。

(白)

嗐,都是那死媒婆子李大嘴骗了俺,事到如

今,俺也只好认命了。常言道,好死不如赖活着,既然舍不得这条命,就要想法去挣钱。

（唱）

纺线俺头晕,

织布胳膊酸。

下地干活俺怕晒,

赶集卖菜俺怕寒。

多亏了生来嘴巴巧,

保媒拉纤赚银钱。

（白）

这正是,在哪里跌倒的,就在哪儿爬起来。

〔王婆风风火火跑圆场,与匆忙上场的县府衙役头儿王豹相撞。

王　婆　哎哟,你不长眼啊,撞死老娘啦!

王　豹　(正待发作,发现是姑姑)哎,这不是老姑吗!您这是急猫蹿火的干啥去呢?

王　婆　哟,这不是俺那位在县衙门当官的大侄子吗!

王　豹　瞧您说的! 老姑啊,咱们老王家的祖坟没埋在好地方,你侄子我虽有满肚子文章,一身的武艺,也只能跟着太爷少爷吃碗跑腿的饭。

王　婆　大侄子哟,您谦虚啦!谁不知道您是太爷的心腹、少爷的亲信,咱这高密县的事儿,明面上看是太爷少爷主着,实际上是大侄子您说了算。

王　豹　老姑,您说的吧,其实也是大实话。盛世主差奴,乱世奴欺主。我挖个坑,他们爷儿俩争着往下跳呢。

王　婆　有您这样在官府里当差的侄子,老姑我腰杆子硬得像旗杆!

王　豹　老姑,说正经的,您这风风火火的是要干什么去?

王　婆　大侄子哎,按说这是老姑的商业机密,但大侄子不是外人,对你说说也无妨。——老姑我昨夜灵机一动,想去顺发盐铺保个媒。

王　豹　(警觉地)顺发盐铺老掌柜刚死,他那在日本留学的儿子回来奔丧了?

王　婆　老掌柜刚死了半个月,他那儿子远在东洋,隔着茫茫的大海,哪能这么快就回来?我是想,老头儿刚死,老太太一人孤单,趁着这机会,给她娶个儿媳妇回来做伴儿。

王　豹　老姑,您这脑袋瓜子可真是够活泛的。顺发盐铺是咱东北乡里最大的买卖,白花花的银子,装满了好几个大缸。老姑,您这媒保成了,老太太一高兴,还不得赏您十两八两的。

王　婆　大侄子哎,您可不知道这老太太有多抠门。您知道她那老头儿是怎么死的?——是被她生生给饿死的!

王　豹　老姑真会逗乐子。

王　婆　是啊,老姑要不这么乐呵,早就死去活来好几次了。——别说我了,您这龙龙虎虎的,要往哪儿去?

王　豹　(悄声)老姑,打死您也猜不到老侄儿要到哪里去。

王　婆　难道您也要到——?

王　豹　老姑,还真被您说着了。(低声)县太爷掌握了秘密情报,说这季王氏的儿子季星官在日本参加了孙中山的革命党。他爹死了,他必定回来奔丧,所以啊,太爷让我前来探探风声。他要是回来了，我就——

王　婆　大侄子哎，咱娘俩奔的是一条道儿。恭喜大侄子要发财了。

王　豹　侄子穷命，哪里去发财？

王　婆　老太太的儿子是革命党，您是县衙里的捕快，这不铁定了要发财吗？

王　豹　老姑，这是国家大事，您可不能乱说。

王　婆　大侄子，老姑明白。不过，老姑把丑话说到前头，你当探子，老姑保媒，咱井水不犯河水，你可不能坏老姑的事儿。

王　豹　老姑放心，侄子明白，没准哪，侄子还能帮老姑成就这事儿。

王　婆　这才是老姑的亲侄子。

王　豹　老姑，走着？

王　婆　走着！

〔二人匆匆下。

〔秦兴邦上。他身穿长袍，头戴一顶瓜皮小帽，肩膀上背着一个包袱，一副生意人打扮。

秦兴邦　（唱）

越重洋返故乡不畏艰难，

举义旗杀狗官重任在肩。

星官兄设巧计瞒天过海,

但愿得大功告成天遂人愿。

［王婆、王豹上。

秦兴邦 大哥大嫂借光了。

王　婆 哎,骂人哪?(指王豹)这是我娘家亲侄子,我是他亲姑姑。

秦兴邦 (抱拳作揖)恕小人眼拙,得罪了。

［王豹警觉地打量着秦兴邦。

王　豹 我说这位先生,您风尘仆仆,外县口音,您到俺这穷乡僻壤,一定有重要的公干。

秦兴邦 谈不上什么公干,小人是烟台人,受朋友之托,来高密东北乡找一家顺发盐铺。

王　婆 嘿,这真是巧了。

秦兴邦 请问大婶……

王　婆 立马就给我长了一辈。我说大侄子哎,你到顺发盐铺去干什么?

秦兴邦 说来话长。

王　豹 敢问先生尊姓大名?

秦兴邦 鄙姓秦,名兴邦。

王　婆 我问你去那盐铺干什么?

秦兴邦 (唱)

贵乡的扑灰年画美名远扬,

东北三省有市场,

兴邦原本是贩画的客,

进货结账常来往。

王　婆 画子客,奸似鬼。

王　豹 这么说你是俺高密的常客了。

秦兴邦 (唱)

小本生意利钱薄,

每年总要来三五回。

王　婆 (唱)

高密趸货一千文,

贩到东北十两银。

秦兴邦 大婶夸张了,如果有这么大的利润,那全中国的人都来贩画了。

王　豹 (唱)

看您辫子粗又长,

看您两眼放蓝光,

看您唇红齿不黄,

看您手指细又长,

哪里像个画子客?

分明是个读书郎。

秦兴邦 (唱)

兴邦确是画子客,

批发零售都在行。

王　婆　你这人,的确也不像个画子客。别嫌俺侄子眼尖,他们当衙役的,都是鹰眼狗鼻子。

王　豹　老姑,你少说几句吧。我说那秦什么邦,既然俺老姑点明了俺的身份,俺也就不捂着盖着了。俺是高密县衙里的捕快,身上担着捕匪捉盗、擒拿奸党的重任,所以啊,你就把那些偷梁换柱、弄奸耍鬼的小把戏儿,找块儿尿布,裹巴裹巴放起来吧!(往前一步,一把拽下了秦兴邦的假辫子)说!你是什么人?要到哪里去?

秦兴邦　(惊慌地)大爷,小人黔驴小技,瞒不过您的火眼金睛。

王　豹　说吧,到底叫什么名字?哪里人氏?

秦兴邦　小人确实叫秦兴邦,烟台玉皇山人氏。

王　豹　(摇动着手中的假辫子)是从日本潜回来的革命党吧?

秦兴邦　小的前年被人骗到日本留学,原想学点本事,回来混个一官半职……

王　豹　没想到一到那儿就参加了革命党?

秦兴邦　小的没参加革命党。

王　豹　这辫子是怎么回事?

秦兴邦　这辫子是被革命党强剪了去的。小的原想等头发长长了就回来,没想到刚一长长,又被他们剪了去。小的回乡心切,只好买了根假辫子戴上。

王　豹　你到顺发盐铺干什么?那季星官是不是也潜回来了?

秦兴邦　说来话长。

王　婆　你不会长话短说?

秦兴邦　(唱)

　　我与那季星官投缘对脾,

在船上结成了异姓兄弟。

王　豹　他参加了革命党？

秦兴邦　（唱）

我们是大清朝的忠顺子民，

在日本也发誓要效忠皇帝。

王　婆　日本国也有皇帝？

秦兴邦　（唱）

只可恨革命党不讲道理，

强按脖子剪去俺头上辫子。

原本想买假辫结伴回国，

星官兄染急症一命归西。

王　豹　死了？

秦兴邦　死了。

王　婆　我这还要给他去说媳妇呢！这不断了我的财路了吗！

秦兴邦　（唱）

忍悲痛将季兄烧化成灰，

背骨殖回故里落叶归根。

〔秦兴邦将肩上的包袱卸下来，捧给王豹。

王　婆　我还以为你背着一大包银子呢，没想到背着一盒子骨灰！呸！真是晦气！

王　豹　（从腰间抽出一根铁链子，往秦兴邦脖子上一搭）编得还挺圆乎儿，走吧，跟我去县衙见太爷去。

秦兴邦　（作揖）大爷，咱们远日无仇，近日无怨，您高抬贵手，放了我吧。

王　豹　我放了你？我放了你容易，可太爷明儿问我：王豹，让你捉的革命党呢？我说：被我高抬贵手给放了。太爷会怎么着？赏我二两银子，还是赏我两耳刮子？

秦兴邦　大哥，我真的不是革命党，我爷爷是大清朝的举人，我父亲是大清朝的秀才，我家世受大清厚恩，我怎么能去当革命党呢？

王　婆　还是书香门第呢！娶亲了吗？要不要老姑给你说个媳妇？

王　豹　我不管你是书香门第还是庄户人家，我一大早出来，茶没喝一碗，饭没吃一口，这会儿饿得前胸贴着后背，渴得嗓子眼儿里往外冒烟。我还跟你废话什么？（一拖铁链）走，跟我见太爷去。

秦兴邦 （摸出一块银子,递给王豹）大爷,前边不远就有一个茶馆,大爷去喝杯茶吧。

王　婆 我说大侄子,你可不敢徇私枉法,你要犯了法,株连九族,老姑我也要跟着你遭殃!

秦兴邦 （又摸出一块银子递给王婆）老姑,您也喝杯茶去。

王　婆 嘿,这孩子,真是懂事儿。

王　豹 那个秦什么邦,按说呢,你这么懂事儿,大爷我是该把你放了,但万一你是革命党,回去造炸弹,搞暴动,搞成了还好,搞不成,被官府擒住,大刑一上,任你铁打的汉子也得秃噜了。你一秃噜,不把我私放你的事也秃噜出来了吗?

秦兴邦 我真不是革命党。

王　豹 （晃晃手中的辫子）革命党脸上又没贴个记号。

秦兴邦 （摘下怀表送给王豹）大爷高抬贵手。

　　　　［王豹欣赏着怀表。

王　婆 大侄子哎,老姑给你提个醒儿,私放革命党满门抄斩啊!

秦兴邦 （摘下脖子上一个银锁）老姑,这是小侄的护身符，送给您表表小侄的孝心。

王　豹　按说呢，我得把你浑身上下这么细细地搜上两遍，可你到底也算个读书人，这点面子我还是给你留着吧。

秦兴邦　多谢大爷宽谅。

王　豹　算我倒霉，算你运气，要是你今天碰上我那些伙计，怎么着也得把你这件袍子剥下来。

秦兴邦　（脱下袍子，递给王豹）只要大爷不嫌脏……

王　豹　（接过袍子，把假辫子扔给秦兴邦）只要把辫子戴上，倒也不像革命党。

秦兴邦　小的家中还有八十岁的老母。

王　婆　孝子出忠臣。

王　豹　走得远远的！

秦兴邦　小的将季兄的骨灰送到顺发盐铺，立即打道回乡。

王　豹　把那季星官的骨灰交给我吧，大爷我代劳了。怎么，还信不过我？

秦兴邦　多谢大爷，小的求之不得。

王　豹　那就麻溜儿地走吧，别在这儿磨蹭了。大爷这会儿心软放了你,待会儿大爷要是心硬起来……

［秦兴邦将包袱交给王豹,深揖,匆匆下。

［王豹欣赏着怀表,王婆欣赏着脖锁。

王　婆　我说大侄子,咱娘俩今儿个,是运气好呢,还是运气不好?

王　豹　您说呢?

王　婆　说咱运气好吧,可这季星官一死,老姑给他说媒的事就吹了,你去监视那老太太的事也黄了。可要说咱运气不好,咱娘儿俩都捞了点外快……我看这件袍子,你穿着文不文武不武的也不像一回事儿,不如送给你那老姑夫穿了吧。

王　豹　老姑,你这叫贪心不足蛇吞象。若没有老侄儿我火眼金睛,识破了他的假辫子,然后一唬二吓,三哄四诈,他能连脖子上的护身符都摘下来给你?

王　婆　好好好,老姑不跟你小孩子一般见识,咱们就在这儿别过吧,你回你的衙,我回我的家。

王　豹　别走啊,老姑,戏还没演完呢。

王　婆　人都死了,还有什么戏呀?

王　豹　(拍拍包袱)谁说人死了?

王　婆　没死?!

王　豹　活得好好的呢!还等着他回家娶媳妇呢!

王　婆　大侄子哎,你说我哥与我嫂子怎么能做出你这么块儿货来?

王　豹　老姑,你这是骂我呢,还是夸我呢?

王　婆　我夸还夸不够呢,怎么舍得骂你!

王　豹　有你这么夸人的吗?

王　婆　(数板)

听说还有戏,

心中好欢喜,

夸我哥与嫂,

做出个龟儿子。

王　豹　管他什么龟儿子鳖儿子,只要能弄到金子银子,就是好儿子。老姑,到了顺发盐铺,看我的眼色行事。

王　婆　咱娘俩一唱一和。

王　豹　把假戏演成真戏。

王　婆　走着?

王　豹　走着!

第三场　盐铺诈银

［布景显示出顺发盐铺的前堂后院东西两厢。

［在合适的位置上悬挂着盐铺的招牌。舞台一侧立着半人高的柜台,柜台上摆着几个坛坛罐罐和几杆秤。柜台后放着两口盛盐的大缸。舞台正中摆着一个巨大的舂盐用的石臼。

［一只大公鸡(人装扮)在舞台上踱来踱去。

［季王氏手持木杵,艰难地舂着盐。

［一个四十多岁、流里流气的买盐人刘四手提着筼子上。

刘　四　掌柜的,称斤盐。

［季王氏放下木杵，捶着腰走到柜台后，称盐。

刘　四　伙计呢？

季王氏　走了！

刘　四　丈夫死了，伙计走了，这么大个盐铺子，可真够你忙的了。

季王氏　是够我忙的了。（将称好的盐倒入箩子）

刘　四　你可给我够秤！

季王氏　（将秤甩到柜台上）自己称！

刘　四　（搭讪）我说掌柜的……

季王氏　有话就说。

刘　四　您才四十出头，虽说不是青春年少，但也正是年富力强，您一个人，不闷得慌？

季王氏　不闷！

刘　四　守着这么大的家业，又是土匪，又是盗贼，您一个人，不吓得慌？

季王氏　不怕！

刘　四　挑盐哪，舂盐哪，可都是力气活儿，你一个妇道人家，不累得慌？

季王氏　不累。还有什么臭屁，就一总儿放出来吧！

刘　四　（提起篓子欲走）没了。

季王氏　慢走！

刘　四　又怎么了？

季王氏　盐钱！

刘　四　我没给吗？

季王氏　五十文！

刘　四　我说掌柜的，崔家集顺昌盐铺，每斤只卖三十文，你怎么敢卖五十文呢？

季王氏　到顺昌盐铺买去。

刘　四　我这不是急着回去煮肉嘛。

季王氏　你也配吃肉？！

刘　四　有钱人吃肉，没钱的人也要吃肉。

季王氏　到草地上去捉几个蚂蚱烧烧吃吧，省下肉钱，也省下盐钱！

刘　四　今儿个这钱可不能省，我那二姨太太的爹今天来看闺女，我要好生招待呢！

季王氏　哎哟，娶上二姨太太啦，恭喜，六十文！

刘　四　怎么又涨了？（掏出几个铜钱扔在柜台上）掌柜的，你哄抬盐价，我要到衙门里告你去！我那小舅子在县衙门里当差,跟太爷少爷一个碗里喝酒,一个锅里吃肉,只要他小嘴一歪,就够你喝一壶的!

季王氏 (唤鸡)铁爪鸡,铁爪鸡,啄瞎这个贼子的眼!

〔铁爪鸡尖啼着冲上来,追啄刘四,刘四捂着脑袋跑下。

季王氏 (手扶着舂盐木杵)

气死老身也!

(唱)

季王氏扶木杵怒火万丈,

二流子竟也敢欺负老娘。

幸亏了铁爪鸡本领高强,

将狂徒赶出了我家店堂。

想丈夫在世时我嫌他愚笨,

他死后我才知失了依傍。

(哭)我那狠心的丈夫啊……

(唱)

半月前即托人寄信东洋,

催促我星官儿快回故乡。

(白)

儿啊,你鬼迷心窍,好好的日子不过,偏要去东洋留学。想那日本蕞尔小国,有什么好学的呀,还是快快回转家乡,接手盐铺,娶个媳妇,让老娘过几天舒心日子吧!你爹这一死,好多奸贼都来打为娘的主意,为娘我稍有不慎,就要中了他们的奸计。儿子啊,为娘我要——

(唱)

挺直腰,壮大胆,

长精神,不怠慢,

睡觉也要睁只眼,

斗恶贼,渡难关,

等我儿子把家还。

[王婆、王豹鬼鬼祟祟上。

王　婆　(低声)我说大侄子,进了店可得机灵点儿。

王　豹　老姑,您就把心放到肚里去吧。您侄儿我什么场面没经过?

王　婆　(进门)大婶子哎——

季王氏　你是……

王　婆　大婶子,您可真是贵人好忘事啊!我是季家庄季二狂屋里的。论辈分,您是我们家没出五服的婶子呢!

季王氏　老身眼拙,记不起来了。

王　婆　我先说着,您慢慢记。

　　（唱）

　　叫声大婶子,

　　请您听仔细,

　　俺是季家庄,

　　您侄屋里的。

　　男大要成亲,

　　女大要婚配,

　　您侄媳妇我,

　　是个说媒的。

季王氏　哦,原来是媒婆子。

　　[公鸡围着王豹转圈,王豹跟着转圈。公鸡猛啄王豹,王豹身手敏捷躲过,飞起一脚踢向公鸡。

季王氏　你是何人,竟敢踢我家的神鸡!

王　婆　婶子哎,忘了介绍我这个在县衙门当差的亲侄子了。我当家的是您侄子,他就是您的孙子了。

王　豹　(作揖,摆架,打官腔)老夫人,在下高密县衙快班班头,知县大老爷长随,知县公子、候补知县庄雄才贴身护卫王豹这厢有礼了!

季王氏　原来是衙门里的差爷,老身有眼不识泰山,怠慢了!

〔公鸡啄王豹。

王　豹　老太太,管住你的鸡!我要出手伤了它,大家面子上都不好看。

季王氏　神鸡不得无礼,退到一边去吧。你们二位,光临小店,有何贵干?

王　婆　婶子哎,您是个痛快人,您侄媳我也是这样的性格,不会绕弯子,喜欢直来直去。

季王氏　有话直说吧。

王　婆　婶子哎,我就打开天窗说亮话啦。您男当家的——我那短命的、没福的叔叔,撇下这万贯家财和婶子您这个水灵灵的人儿,就这么走了,侄媳妇都替您犯愁。

第三场　盐铺诈银　　043

季王氏 我要春盐去了，没事就请走吧。

王　婆 看看，婶子您这娇贵的身子，哪能干这样的粗活儿？侄媳回头让您那虽不成器但一身力气的侄子来帮您干活吧。

季王氏 老身不敢。

王　婆 婶子，有道是少年夫妻老来伴，俺那叔叔他狠心走了，我帮婶子您找个老伴吧！

季王氏 （恼怒）呸！你这该死的媒婆！我丈夫尸骨未寒，我儿子正从东洋日夜兼程赶回，你竟敢来说这逆天悖德的昏话，真真气煞我也！（唤鸡）神鸡快来，啄这臭嘴的贱人！

〔公鸡追啄王婆，王豹出手救护。

〔季王氏喝住公鸡。

季王氏 贱人！

（唱）

快快离开我家门，

不要欺负俺未亡人。

王　婆 婶子哎！

（唱）

侄媳说话无分寸，

婶子不要太当真。

王　豹　（唱）

这个老太脾气大，

养了个公鸡似凶神。

王　婆　（唱）

星官兄弟在日本，

一年半载回不来。

婶子一人太辛苦，

地痞流氓齐登门。

（白）

侄媳帮您寻摸了一个知书达理、相貌俊俏、脾气温顺、干活麻利的好女子。

（唱）

只要婶子点个头，

侄媳立马去下聘。

吉祥日子三六九，

吹吹打打抬进门。

忙时帮您把活干，

闲时陪您聊天散散心。

    等俺星官兄弟一回来,

    立刻圆房成大婚。

季王氏 谢谢您一片好心,婚姻大事,还是等星官回来自己做主吧!

王　豹 老太太,这就是您的不对了。这婚姻大事,从来就是"父母之命,媒妁之言",哪有自己做主的?

季王氏 我那儿子留学东洋,是新派人士,这婚姻大事嘛,还是等他回来再说吧。

王　婆 大婶子哎,您可别肥猪碰门当成狗挠的,俺这两只大脚跑遍了三个县,见过的姑娘千千万,谁都比不上宋春莲。只要把她娶回家,俺那星官兄弟一见,保证打心窝里往外喜欢。

季王氏 你的好意,老身心领了,但这儿女婚姻大事,老身不能做主。这天也不早了,老身也累了⋯⋯

王　豹 您这是轰我们走啊。

季王氏 二位请便吧!

王　婆 婶子,您可不能犯糊涂,过了这个村,前边可就没有店了!

季王氏　任你把鸡嘴说成扁的,把鸭嘴说成圆的,老身也不敢答应。

王　婆　(对王豹)这老太太,真是石头蛋子腌咸菜——一盐(言)不进啊!

王　豹　(旁白)我还真不信这个邪了,老太太,看我怎么收拾你。

王　婆　我的傻侄子,既然老太太轰咱走,咱也别在这儿讨没趣儿。怎么着,咱走?

王　豹　老姑,我也想走,可公务还没办呢!

王　婆　那你就麻溜着点儿办。

王　豹　季王氏!

季王氏　老身在。

王　豹　哎,我说您别一口一个"老身"啦,四十啷当岁,年轻着呢。

季王氏　民妇知道了。

王　豹　县太爷的夫人跟你岁数相仿,刚生了一个大胖小子。

季王氏　恭喜太爷,恭喜夫人。

王　豹　知道我为什么到你这盐铺里来吗?

季王氏　民妇不知。

王　豹　看在我老姑的分上,我也不跟你拐弯抹角了。

季王氏　差爷请讲。

王　豹　别人叫我差爷那是应当的,您嘛,就不用这么客气了——谁让咱们沾亲带故呢!

季王氏　多谢差爷!

王　豹　按说这是国家机密,不该对你泄露,但既然是要紧的亲戚,我就——你们知道了,可不敢出去张扬。

季王氏　民妇不敢。

王　婆　大侄子,你就快点说吧,你不知老姑是个急性子?!

王　豹　(唱)

　　　叫一声盐铺掌柜季王氏,
　　　你竖起耳朵听仔细。
　　　我与少爷是磕头结拜的把兄弟,
　　　县太爷把我当成亲儿子。

王　婆　比对他亲儿还亲呢。

王　豹　(唱)

　　　今晨太爷对我讲,

朝廷密电到高密。

山东籍留日学生要闹事，

领头的季星官，

是您季王氏的独生子。

季王氏 我儿一向本分老实，不会领头闹事，一定是弄错了呀！

王　豹 （唱）

你儿参加了革命党，

上蹿下跳很积极。

他别的本事没学会，

制造炸弹数第一。

（白）

密电说了，你儿子领着一伙革命党，准备潜回家乡造反！

季王氏 我儿是读书人，不会造反。

王　婆 造反的都是识字解文的。

王　豹 （唱）

太爷暗中授机宜，

让俺前来探消息。

> 只要你儿子回了家,
>
> 立刻锁到县衙里。
>
> 三堂会审定了罪,
>
> 千刀万剐剁成泥。

季王氏 天哪,这可怎么办哪!(对王豹施礼)官差,快帮民妇想个法子哟!(对王婆作揖)我那贤惠的侄媳妇,您也帮老婶想个主意……

　　〔王豹、王婆相视偷笑。

王　豹 老太太哎,你儿子是朝廷的钦犯,在皇太后那儿都是挂了号的,真要把罪名坐实了,没准儿连我们这些瓜蔓子亲戚都要跟着遭殃!

王　婆 我这还上赶着跟您套近乎呢,得了吧,我还是趁早跑了吧。

季王氏 (祈求地)官差老爷,贤惠的侄媳妇,老身这厢有礼了。(欲跪)

王　豹 (上前拉住季王氏)老太太,您把话说到这个份上了,咱家也不是铁石心肠。俗话说得好,"人情大于王法",你儿子的事,可以大,也可以小,就看我在太爷面前怎么报告了。

季王氏 （作揖连连）官差老爷,俗谚说,"公门里面好修行",您就救救我儿,积德行善吧。

王　豹 我回去就对太爷说,经小的详细调查,那季星官原本就是一个老实巴交的庄户孩子,被奸人鼓惑,去了日本。在日本混了两年,既没参加革命党,也没学会造炸弹。这不,他老娘还在家给他娶媳妇,等那小子一回来,跟媳妇一圆房,接过他娘的金钥匙,就成了遵纪守法的盐铺掌柜了。

季王氏 多谢差爷美言,只是我这儿子不知何日才能回到家乡。

王　婆 老婶子哎,好事不能拖,一拖就啰唆。我看就是这几天,将那媳妇娶过门。一个水灵灵的美人儿在家等着,还怕他不回来吗?

季王氏 没有新郎,如何举行婚礼?

王　婆 （唱）

此事古来有先例,

抱着公鸡拜天地。

季王氏 这有点不太妥当吧。

王　　婆（数板）

妥当妥当很妥当，

这种事儿很正常。

从江南，到两广，

多有儿郎闯外洋。

大海茫茫回程远，

公鸡代郎拜花堂。

娶回来就是你家媳，

你摇着扇子把福享。

轻活重活儿都是她干，

再不用您亲自动手里外忙。

她要不听您的话，

打死不用把命偿……

婶子，你觉得怎么样？

季王氏　那就有劳侄媳了。

王　　豹　那我就这样回去交差？

季王氏　有劳官差！

王　　豹　劳倒也不劳，只是这肚子咕噜噜响个没完，想必是饿了。

王　婆　说了一上午,口干舌燥,我这肚子不但是饿,嗓子眼里还往外喷火呢!

季王氏　(走到柜台后取出两块银子,分给王婆、王豹)老身怠慢了,这点碎银子,就请二位去喝茶吧。

王　豹　(掂量着银子)我说老太太,您这是打发叫花子吧?!

王　婆　真是越富越抠门儿!

季王氏　(又取出几块银子分送二王)老身手边也就这些了,二位将就些个,等我儿回来,定有重谢。

王　豹　好嘞,老太太,您就安排人粉刷墙壁,置办酒席,等着娶儿媳妇吧。

王　婆　我还没跟人家女子说呢。我估计,要把这事办成,光靠磨嘴皮子不行,我得准备点好烟土,把姑娘那个大烟鬼子爹先给打发舒服了——老婶子,这花费可少不了啊。

王　豹　这粉刷墙壁,置办酒席的杂事儿,我看就承包给我姐夫吧!

季王氏　哪个是你姐夫?

王　　豹　才刚来你这儿买过盐的刘四啊!

季王氏　是他呀!

王　　豹　我这姐夫,嘴是滑了点,但办事还是很牢靠的。

王　　婆　到时我让我丈夫,您那个不成器的侄子也来打个下手,上阵要靠父子兵,肥水不流外人田嘛。

季王氏　来吧,都来吧,只要能保得我儿子平安无事。

第四场　一仆二主

［县衙签押房。知县庄有德办公场所。

［幕启，王豹鬼鬼祟祟地溜上来。一看室内无人，他立刻挺胸叠肚，鹅行鸭步，模仿着知县的姿态，在房内东瞅瞅，西看看，拿起知县的毛笔，在空中做狂草状，又端起知县的烟枪，闭着眼吸一口，做出过瘾陶醉姿态。

王　豹　（数板）

啥菜也不如白菜好，

啥肉也比不上猪肉香。

啥贵也不如金子贵，

啥事也不如当官强。

(坐在知县的太师椅上)

(唱)

趁着老爷不在堂,

俺一人独占签押房。

在老爷的椅子上落了座,

浑身上下暖洋洋。

人靠衣裳马靠鞍,

讲威风,讲排场,

就看你屁股坐在啥地方。

坐门槛的是傻小子,

坐地头的种高粱。

坐毛驴那是小媳妇回娘家,

坐炕头,只能与老婆孩子拉家常。

坐雕鞍冲锋陷阵当将军,

坐在老爷的椅子上,

呼喝一声升了堂。

(得意忘形地)升堂——

﹝知县庄有德上,见到王豹的丑态,故意咳嗽一声。

［王豹慌忙从椅子上下来,连滚带爬来到知县面前,下跪磕头请安。

知　县　（威严地）大胆狗才,竟敢私坐老爷我的座椅,你是想篡位吗?

王　豹　（连连磕头）小的不敢,小的不敢。小的怕老爷落座凉了屁股,先来给您热热窝儿。

知　县　呸,花言巧语,你分明想取而代之嘛!

王　豹　老爷老爷,您就是借我一百个胆儿,我也不敢生这样的妄想!（旁白）我要真当上,不比你干得差呢!

知　县　那你想干什么?

王　豹　（嘻嘻一笑）老爷,我对您说实话吧,往常日,看到老爷坐在这椅子上,四平八稳,堂堂正正,呼喝一声,众人响应,那叫排场,那叫威风!小的就想,什么时候让我在大老爷的位置上坐一坐,感受一下当官的滋味,也不枉活了这一世。所以,一看老爷没来,这把椅子在我眼前一阵阵放光,一阵阵散热,就像有人从后边推着我似的,我就这么不知不觉地,不知不觉地,一屁股就坐在这把大红酸枝木的太师椅子上了——

知　县　什么感觉啊？

王　豹　（嘻嘻笑着）就像，就像坐在那烧热的鏊子上一样……

知　县　你还知道冷热。

王　豹　当然知道，小的如果连这点觉悟都没有还配给老爷当差吗？

　　　　［王豹用衣袖做擦拭椅子状。

知　县　（走到椅子前）

　　　　（唱）

　　　　风大浪高莫行船，

　　　　生逢乱世别当官。

　　　　道理浅显人人懂，

　　　　可是人哪，见到官位都贪恋。

　　　　就连这王豹狗腿子，

　　　　竟然也痴心妄想当大官。

王　豹　（旁唱）

　　　　别看他人模狗样堂上坐，

　　　　公正廉明身后悬。

其实一肚子小九九,

拨拉着升官发财的小算盘。

何时皇帝发了怒,

新账老账一起算。

剥你的人皮楦上草,

把你的九族全杀完。

腾出个位置呀,

让俺来当父母官。

［知县敲响惊堂木。

知　县　王豹!

王　豹　小人在。

知　县　昨天本官差你去顺发盐铺探听那季星官的消息,可有收获?

王　豹　老爷,托您的福,这事儿小的办得十分地圆满,我给老爷禀报了,老爷一定会赏小的两壶酒钱。

知　县　油嘴滑舌! 如实报来。

王　豹　老爷呀!

（唱）

昨儿个,小的大步流星往前赶,

碰上个笨猪到眼前。

自说是个画子客，

一听就知是谎言。

我一把撕下他的假辫子，

狡猾的狐狸把原形现。

他的名字叫秦兴邦，

家住烟台玉皇山。

他与季星官同学两年半，

同吃同住同睡眠。

他肩上背着个青包袱，

从外边看，有棱有角沉甸甸。

知　县　包袱里包着什么？

王　豹　您猜？

知　县　是金银？

王　豹　（旁白）他就稀罕这东西。（对知县）老爷，我也是这么想的，可不是金银。

知　县　那一定是枪支炸药。

王　豹　（旁白）亏您想得出。（对知县）也不是枪支炸药。

知　县　本官不猜了,快快说来。

王　豹　老爷呀!

（唱）

那包袱里包着一木匣,

画着青龙白虎镶金边。

盒里装有一纸袋,

纸袋里装着让您吃不好睡不宁、

生怕他回乡造反夺权的季星官。

知　县　骨灰?! 季星官死了?

王　豹　听秦兴邦说,那季星官——

（唱）

一没参加革命党,

二没学习造炸弹。

他正想回乡奔丧开盐铺,

命不济身染重病赴黄泉。

知　县　（唱）

这真是人算总不如天算,

老天爷帮我除了心头患。

不管那季星官是不是革命党,

他一死,上上下下都心安。

(白)

好,王豹,这差办得不错。那秦兴邦呢?带回来了没有?

王　豹　老爷,您吩咐我去探听那季星官的消息,跟那秦兴邦半文钱的关系都没有哇。

知　县　愚笨!想那秦兴邦,是从日本回来的留学生,管他是不是革命党,要先抓回来审讯。

王　豹　老爷,那秦兴邦是烟台人氏,人家好心好意不辞辛苦地来送骨灰,咱把人家捉起来,有点不太厚道吧。

知　县　呸!厚道二字也是你这张狗嘴说的?快快去把那秦兴邦捉来,本官要亲自审问,如果他是革命党,我们就为朝廷立了大功;如果他不是革命党——他从日本潜回,戴着假辫子,怎么可能不是革命党!

王　豹　不是革命党,咱也把他打成革命党。老爷,您就把那个小子交给我吧。

知　县　昏蛋,立刻派人去追捕秦兴邦!

王　豹　好嘞！（转身欲下）

知　县　回来！

王　豹　老爷还有什么吩咐？

知　县　去把少爷叫来。

　　　　［庄雄才上。

庄雄才　（唱）

　　听到老爷将我唤，

　　一溜小跑到堂前。

　　（白）

　　父亲大人早安。（欲跪）

知　县　免了！

庄雄才　（旁白）其实我原本就没想跪。

知　县　你干的好事！

庄雄才　谢谢老爹夸奖，儿子我最近确实办了不少好事。

知　县　（一拍桌子）呸！你这孽障，你调戏了盐务局局长陈桐的女眷，砸了盐务局的店堂。陈桐联合了四大乡绅要到巡抚衙门告状，我花了四百两银子，说了无数好话，赔了许多不是，才把这事摆平！

庄雄才 老爹,我还要找您说这事呢。当今革命党在南方起义造反,天下混乱,盗贼蜂起,咱高密也不太平。一旦起事,巡防营那两哨八旗子弟,根本就是聋汉的耳朵——摆设。所以呀,儿子我要组建洋枪队。枪,我已从德国订好,就等着去青岛提货。可是我没钱啊!老爹你有钱,可舍不得给我啊。所以,我就想办法,想啊想啊,想得脑瓜生痛,多亏了王豹这小子脑瓜子灵,他让我——

(唱)

牵着狗,架着鹰,

身后跟着众弟兄,

穷人家里我不去,

谁家有钱往谁家冲。

让他们捐钱买枪买子弹,

保家保城保大清。

老陈桐,铁鸡公,

出恶言,句句凶。

他骂我是明火执仗活土匪,

还骂您是贪赃枉法害人虫。

我一怒砸了他家缸和瓮,

　　还把他老婆的腮帮子拧得发了青。

　　（白）

　　王豹,我说得对不对?

王　豹　少爷说得句句属实,老爷啊,

　　（唱）

　　打虎要靠亲兄弟,

　　上阵还是父子兵。

　　少爷组建洋枪队,

　　老爷您安全有保证。

　　老陈桐最有钱,

　　他不出血怎么行?

庄雄才　老爹,不狠难成事,无毒不丈夫。我要你撤了老陈桐,任命您儿子我为盐务局局长。

知　县　一派胡言!陈桐无过,怎能撤职?即便空缺,也不能用你,否则必招舆论沸腾。

庄雄才　舆论算个屁!只要咱把洋枪队建起来,把钱袋子夺过来,有钱有枪,咱怕谁?谁炸刺儿就灭谁!王豹,本少爷说得对不对?

王　豹　对对对！太对了！少爷您真是个当官的好料，我看老爷的知县也让给少爷算了。

知　县　放屁！老爷我是朝廷命官，知县之位怎能随便让人！

王　豹　（旁白）什么朝廷命官，所有的档案都是假的，瞒得了皇上，瞒不过奴才啊。

知　县　你在那嘟哝什么？

王　豹　没嘟哝什么呀！老爷，少爷雄才大略，文武双全，学贯中西，道统南北。区区高密小县，他要着玩着就治理了，依小的之见，老爷就把这官位让给少爷算了！

知　县　不得胡言乱语！你们二人，快快去追捕那秦兴邦，务必把他捉回来。至于盐务局局长和洋枪队的事，容本官相机处理吧！

王　豹　老爷真是英明！（提过包着骨灰盒的包袱）老爷，这季星官的骨灰——

知　县　速速拿走！晦气！

王　豹　（旁白）待我送给那季王氏，再讹她几两银子。

庄雄才　老爹,我的事你可别忘了。

知　县　你要小心谨慎!

庄雄才　老爹,您就擎好吧。

第五场　洞房伴鸡

〔洞房内红烛高烧。新娘春莲蒙着红盖头独坐床上。床前摆着一硕大鸡笼,笼内有一只由演员扮演的披红戴花的大公鸡。

〔凄清的音乐声中,三更鼓响。

春　莲　(唱)

　　人声静更鼓响夜已过半,

　　洞房中清冷冷脚底生寒。

　　自古道红颜多薄命,

　　普天下薄命人数我春莲。

　　自揭开盖头布定睛细看,

　　不由我鼻发酸泪如涌泉。

只有这笼中鸡与我为伴,
洞房中无人气我形只影单。
可恨那王媒婆花言巧语,
可恨我老爹爹贪财爱钱。
可怜我老娘亲辞世太早,
满腹的苦情话可对谁言?
娘啊……
虽说是有丈夫留洋海外,
不知道何年月能把房圆。
与公鸡入洞房荒唐事件,
又是气又是羞意乱心烦。
到如今这生米已煮成熟饭,
纵然是哭断肠又有谁怜?
放纱帐解罗裙自睡了吧。

[季王氏悄悄上,做窗前偷听状。

[舞台前部灯光亮起,后部渐暗。

季王氏 (唱)

自老伴去世后诸事不顺,
儿未回就惹上官司缠身,

　　　　无奈何只好听媒婆之言,
　　　　娶回这宋氏女冲冲厄运。
　　　　（白）
　　　　这王家姑侄,一唱一和,狼狈为奸,分明冲着我的银子来的。唉,破财免灾吧。

春　莲　（唱）
　　　　迷瞪瞪刚刚要蒙眬睡去,
　　　　鸡鸣声如裂帛令我心颤。
　　　　听鼓声正敲着五更正点,
　　　　鸡司晨犬守夜天道循环。
　　　　见窗外依然是漆黑一片,
　　　　秋风起树叶响雁声凄惨。
　　　　正待要上床去蒙头再睡,
　　　　却听到婆母娘吼声连连。

　　　　〔幕后,季王氏:我说媳妇儿,鸡都叫三遍了,你也该起来了吧。

春　莲　这就起来了呀!
　　　　（唱）
　　　　急忙忙穿衣衫前去应唤,

天大的委屈忍在心间。

早听说老婆婆脾气火暴，

我需要小心翼翼免生祸端。

第六场　坟前再诈

［野外，季丰年坟墓前。

［按照本地风俗，晚辈娶亲三日后，当在先辈坟前烧化纸钱，摆供祭品。

［季王氏烧化祭奠。

季王氏　老头子哎，这一眨巴眼的工夫，你就走了快两个月了。你活着的时候，我看你这也不顺眼，那也讨人嫌，整天刺你、骂你，脾气上来了，还往你脑袋瓜子上扇巴掌。可你一走，我怎么净想起你的好儿，想不起你的坏了呢？

（唱）

季王氏站坟前泪流满面，

想起了亡夫季丰年。

生前我对你诸般不好,

你死后我一人孤孤单单。

为保咱星官儿小命一条,

我忍痛花费了大把银钱。

娶回个儿媳妇妖媚狐眼,

一见她我心里就生出厌烦。

（白）

按说呢,这儿媳妇人也勤快,礼貌也周全,长得也不难看,可我看到她气就不打一处来,恨不得揍她一顿。唉,这就叫没缘分啊。但愿我儿回来能喜欢她,我儿要是不喜欢,我这些钱可就白花了哟!

（唱）

眼见着红日西斜天色已晚,

收拾起食盒我忙把家还。

［王婆、王豹联袂上。

王　婆　老婶子哎,慢走!

季王氏　（一惊）怎么又是你们两位?

王　豹　老太太,咱们这就叫有缘分啊!

季王氏　该给你们的钱,我已经给了。

王　婆　老婶子哎,这次来可不是找您要钱,是给您报个信儿。

季王氏　说吧,是什么信儿。

王　婆　这信儿还挺蹊跷,我笨嘴拙舌的,说不清楚,还是让我侄儿说吧。

季王氏　你如果笨嘴拙舌,这世界上就没有会说话的人了。

王　豹　老太太,这话说来还挺长。这么说吧,前些天,我在大街上闲溜达,碰上一个人向我问路,打听季家湾顺发盐铺。

季王氏　哦?打听我家做甚?

王　豹　这人面白无须,穿袍戴帽,出言不俗,一看就不是庄户人。

季王氏　然后呢?

王　豹　做公的眼,赛夹剪!我跨步上前,扯着他脑后的大辫子,用力这么一拃,就让他现了原形——原来是日本潜回来的、剪了发辫的革命党。

季王氏　但愿不要牵扯我家儿子。

王　豹　老太太哎,我也是这么想,但越是怕什么越是来什么。

季王氏　你们说的话,我都遵从了。我家的银子,也都花光了。小本生意,还望官差庇护通融……

王　婆　我那亲亲的婶子哎,我们是要紧的亲戚,自然是护着您的。

季王氏　那就多谢了。

王　豹　那人肩上背着一个包袱,包袱里包着一个匣子。(将包袱捧到季王氏面前)

季王氏　(惊惧地)这是什么东西？难道是我儿子的——

王　豹　老太太哎,您一猜就猜着了！您那宝贝儿子,原本是想回来造反来着,不承想得了急病,他的朋友,就把他烧化了,给您背回来了。

季王氏　(几欲晕厥)天哪……

　　(唱)

　　闻噩耗如被那霹雳击顶,

　　又如同落冰窖不辨东西。

第六场　坟前再诈

> 这真是屋漏又逢连阴雨,
> 黄鼠狼偏咬我生病的鸡。
> 但愿是大白天做了个噩梦,
> 却又听这狗男女恶言相欺。

王　　婆　老婶子哎,大兄弟死了倒也是好事,那官府再也不会来找咱家的麻烦了!

季王氏　呸!我儿死了,你还来说这样的昏话!

王　　豹　话是有点昏,但又一想,还挺有道理。您想想,要是您儿子活着回来,即便我想罩着他,但也保不准有那些瞅着咱家不顺眼的,惦念着咱家柜子里银钱的,跟咱家有过节儿的,到衙门里去举报咱。县太爷这边,咱家给您摆平,但人家要把状告到府里,告到省里,咱这只巴掌就遮不住了。所以呀,您儿子这一死啊,倒也一了百了了。

季王氏　早知如此,你们还哄骗老身花钱娶这儿媳干啥呀!

王　　婆　老婶哎,瞧您这话说得,多没良心啊。要是没这儿媳妇,谁给您做饭哪?谁帮您舂盐哪?谁陪您说话呀?您不寻思着报答我们,反倒埋怨起我们来了。再说,我们要是早知道您儿子没了,怎么着也不能哄骗人家如花似玉的个黄花闺女嫁给个死人吧?

王　豹　嫁给个公鸡。

王　婆　你们家那公鸡要是能变幻成人,倒也是一桩神仙姻缘!

季王氏　你们就不要欺侮我这孤寡之人了……

王　豹　老太太,别哭哭啼啼了,有我跟俺老姑罩着,没人敢欺负你。(将包袱递给季王氏)给,接着呀! 您是悄悄地埋了呢,还是放在炕头上当个念想儿,主意自个儿拿吧。

王　婆　老婶子,这东西,您可得藏好了,宋家那闺女,我看也是个烈性子人儿,她要是知道了实情,跟您闹起来,就没您的好日子过了。

季王氏　我的丈夫死了,儿子也死了,也没什么念想了。人要没了念想,也就没什么好怕的了。

王　豹　老太太,您可别这么说,好死不如赖活着。办法嘛,也还是有的……老姑,你说呢?

王　婆　(做省悟状)是啊,有办法。要是你儿子的魂儿能托在公鸡身上,公鸡能变成个小伙子,这就是千年流传的传奇了。你看那老戏里,这样的故事可不少。

季王氏 不要拿我老婆子取笑了!(哭)我的儿啊……

王　婆 要是那公鸡不能变化成人,老婶子哎,你看我这侄子,一表人才,有权有势,有头有脑,有情有义,无家无室,无牵无挂,就过继给您当儿子吧!

季王氏 呸!我们婆媳二人,宁愿吊死……

王　婆 那万贯家财呢?

王　豹 老娘亲,话别说绝了,天无绝人之路,好日子还在后面呢,您回去慢慢地想想吧!这次报信的辛苦钱,我就不跟您要了。

王　婆 (从季王氏手里夺过食盒)您这个食盒我看也没有什么用了,就送给侄媳妇我做个针线匣子吧。

季王氏 这可是紫檀木的匣子呀!

王　婆 嗐,都到了这份上了,你还记挂着什么紫檀木花梨木啊。

第七场　母悲妻盼

［一个月之后。

［盐铺柜台后,季王氏捧着烟袋吸烟。

［春莲身穿青衣,系蓝底白花裙,双手持木杵,在舞台中央位置舂盐。

［舞台左前方,放置着那个夸张的鸡笼,鸡笼上蒙着红布。公鸡在笼中发出咯咯的声音。

季王氏　我说媳妇啊,你去抓两把高粱,把你那丈夫喂喂呀!

春　莲　婆婆,我的丈夫在日本留学,它是一只公鸡。

季王氏　哦,过门才一个月,就敢跟我犟嘴了。(想起儿子,痛苦地)你的丈夫……我的儿子……他为什么要去留学呀……

春　莲　婆婆,我的丈夫可有什么消息吗?

季王氏　你的丈夫……我的儿子……他可有什么消息吗?

春　莲　我问您哪,您怎么反倒问起我来了呢?

季王氏　我不问你,你让我去问谁呀?

春　莲　托人到官府里去问问,我的丈夫,不是被他们派到日本留学去了吗?

季王氏　是啊,是被他们派去的。当时,还有很多人羡慕,说我儿子留学回来,要当大官发大财呢……

　　　　〔刘四提着筅子上。

刘　四　掌柜的,称两斤盐!

　　　　〔季王氏放下烟锅,称盐。

　　　　〔刘四色眯眯地上下打量着春莲。

季王氏　(将刘四的筅子重重地蹾在柜台上)刘四!

　　　　〔刘四一愣,讪讪地笑着。

季王氏　拿钱。

刘　四　掌柜的,你欠我的钱还没还清呢!

季王氏　无赖!我家从没欠过你的钱!

刘　四　掌柜的,这就是您的不对了。我听我小舅子的吩咐,为你家粉刷墙壁,置办酒席,说好了给我三两银子的,可你只给了我一两。

季王氏　那二两早就被你那小舅子代你领走了。你若不信,他的收据在此。

刘　四　我不管你什么收据不收据的,反正你还欠我二两银子。

季王氏　天理何在啊!

刘　四　掌柜的,赖人钱财是要遭天打五雷轰的!

季王氏　媳妇,把鸡放开!

刘　四　(提起筻子就跑)别别别,我不怕天,不怕地,就怕你们家的铁爪大公鸡!(深深地看一眼春莲)可惜可惜真可惜,美貌佳人嫁公鸡。两个寡妇,要那么多钱干什么呀!

　　〔春莲停下手中杵,若有所思。

季王氏　媳妇,你的魂呢?

春　莲　我的魂吗?

季王氏　把你的魂收回来,别听这些人胡言乱语。你手上的活别停,听我给你说说咱这顺发盐铺的事儿。

春　莲　是,婆婆,儿媳听着。

季王氏　别光听着,手里还得干着。

春　莲　是,婆婆。

季王氏　(唱)

鱼儿无水不能活,

人不吃盐力不全。

自古盐业官家办,

私自买卖犯重典。

一两盐价八分税,

开店卖盐赚大钱。

为了抢这沽盐权,

想当初我公爹,

钩心斗角,请客送礼,

万般手段皆使全。

咱娘俩要看好这家店,

一辈一辈往下传。

春　莲　婆婆,我那丈夫他如果不回来,咱这家业如何往下传哪……

季王氏 呸!你小小年纪,怎么长了个乌鸦嘴呢!你那丈夫……我的儿啊,他迟早会回来的。

春　莲 婆婆,你还是修书一封,让我那丈夫早些回来吧。

季王氏 (唱)

小贱人声声追问不间断,

我心中好似利剑穿。

我的儿生重病少年早亡,

撇下我孤寡人好不凄惨。

我好比打掉牙和血下咽,

又好比哑巴吃黄连有苦难言。

这件事迟早要说穿,

拖一时算一时得瞒且瞒。

(鸡在笼中扑棱鸣叫)

我说媳妇啊,

你休要垂头丧气愁眉苦脸,

咱娘俩这辈子不缺吃穿。

我让你揭开笼子把鸡喂,

你为何一拖二靠不动弹?

春　莲　（哭泣）婆婆呀，

（唱）

儿媳我不羡富贵不爱银钱，

只盼望与丈夫早日团圆。

季王氏　你还要脸不要脸了？过门才一个月，就逼着婆婆要汉子。想当年我婆婆也是抱着公鸡成亲，一个人守了十年空房，我公公才从南洋回来，要让你守十年，那还了得！

春　莲　儿媳知错了。

季王氏　知错就好。快去把你丈夫喂喂。

春　莲　它不是我丈夫，它是只公鸡！

季王氏　又来了！你这孩子怎么像磨道里的驴，只会转圈不会拐弯呢？

春　莲　（哭泣）……

季王氏　我算服了你了！你可要知道老季家是有家法的。

春　莲　儿媳知错了。

季王氏　知错你要改啊！快去喂喂你那……公鸡。咱娘俩还指靠着它看家护院呢。

[春莲停下手中杵,揭开鸡笼,公鸡出来,伸展"翅膀"。

季王氏　哎哎哎!你怎么把它给放出来了呢?

春　莲　婆婆,让它到街上去活动活动,找点活食吃。

季王氏　你不知道外边正闹鸡瘟吗?

春　莲　儿媳不知。

季王氏　快把它关进去。

　　　[春莲把公鸡关进鸡笼。

春　莲　(怯生生地)婆婆,媳妇过门已有一月,我想回家探望爹爹……

季王氏　你就别惹我上火了!你那大烟鬼爹,把自己亲闺女都卖了,你还去看他?咱盐铺也该进盐了,你明儿个去县城挑盐。

春　莲　媳妇自幼胆小,怕见生人。

季王氏　嘿,你倒撒起娇来了!媳妇啊,我看你是小姐的身丫鬟的命!我花了这么多银钱把你买来,不是当花瓶供着看的。你呀,乖乖地给我挑去吧。想当年,我新婚三日,就被我婆婆逼着去挑盐,硬是把俺这两只三寸金莲给甩打成了半尺鲇鱼。你是穷人家的丫头,婆婆我是正儿八经的大家闺秀。俗话说得好,多年的大路走成河,多年的媳妇熬成婆。你呀,就慢慢熬吧!

春　莲　可是我那丈夫,他何时才能回来……

季王氏　哎哟喂!怎么又绕回来了呀!你以为婆婆我就不想他回来了吗?婆婆我哪一夜不哭啊?你去看看婆婆的枕头,谷秕子都发出芽来啦……

春　莲　媳妇不是怕吃苦,只是怕路上遇上歹徒纠缠,那该如何是好哇。

季王氏　光天化日之下,哪来的什么歹徒?(打量春莲)这么着吧,赶明儿出门前,你把锅底灰抹到脸上,再把婆婆我当年挑盐时穿的破裨子穿上。

春　莲　(哭泣)儿媳听婆婆吩咐。

季王氏　媳妇啊,我儿子没了——

春　莲　(惊愕)婆婆您说什么?!

季王氏　我是说,我那儿子没回来,咱娘俩,就是一根绳上拴着的两个蚂蚱,咱得互相帮衬着,把这日子过下去。

春　莲　儿媳听婆婆的。

季王氏 不怕一万,就怕万一。我看你跟咱家这铁爪鸡也混熟了,赶明儿,就让它跟着你。咱家这只鸡,胜过皇宫里的带刀侍卫呢。

春　莲 婆婆你可说过,街上流行鸡瘟哪!

季王氏 你这孩子,怎么这么别扭呢?——才刚刮了一阵风,把那鸡瘟刮走了。

第八场　挑盐路上

〔县城外十余里，道路两侧是收获后的广阔农田。

〔时当深秋，阴云密布。

〔知县之子庄雄才，骑马扬鞭，在以王豹为首的一群混混簇拥下，风风火火，登上舞台。

〔王豹等人，都扛着从德国进口的洋枪，衙役的号服配上洋枪，显得不伦不类。

〔一鹰一犬，均由演员扮演。

庄雄才　（唱）

扬鞭催马出县城，

架鹰嗾犬我威风。

男儿能文又能武,

俺心中,半是诗意半是豪情。

王　豹　(旁白)这小子,真能忽悠!

庄雄才　小的们!

王豹与众混混　有!

庄雄才　这是到了什么场地?

王豹与众混混　庄家坡!

庄雄才　为什么叫庄家坡?

王豹与众混混　因为这一眼望不到边的土地,都是少爷您家的。

庄雄才　为什么这么多土地都是我家的?

王豹与众混混　因为咱家有钱!

庄雄才　咱家为什么有钱?

王豹与众混混　因为咱家当官。

庄雄才　咱家为什么能当官?

王豹与众混混　因为咱家有钱!

庄雄才　这么说,你们都不傻。

王豹与众混混　我们不傻,少爷傻。

庄雄才　放屁!

王豹与众混混 少爷不傻,我们傻。

庄雄才 还是放屁!

王豹与众混混 少爷傻,我们更傻。

庄雄才 这就对了!听我吟诗一首。

王豹与众混混 听着呢!

庄雄才 傻人自有傻人福,

泥胎塑像住瓦屋。

只要有个好爸爸,

文是文来武是武。

王豹与众混混 好诗!

庄雄才 听明白了没有啊?

王豹与众混混 没听明白。

庄雄才 没听明白叫什么好啊!

王豹与众混混 习惯了。

庄雄才 尽管是一群马屁精,但没有你们还真不行!小的们——

王豹与众混混 听少爷招呼!

庄雄才 给我长着点眼力见儿,看到那野兔子,就给我放鹰嗾犬!

王豹与众混混　是喽!

庄雄才　少爷我——王豹,我们这支队伍叫个啥旗号?

王　豹　高密县新编洋枪队。

庄雄才　队长是——

王豹与众混混　少爷您!

庄雄才　本队长今日还要试试这洋枪的威力,凡是那鹰拿不着的,狗追不上的,你们都给我开枪打!

王豹与众混混　是喽!

　　[众呼哨而下。凄婉的音乐声起。春莲在台后道出一声凄凉的长白:苦哇——

　　[春莲挑着两个沉重的盐篓,踉踉跄跄,前仰后合地上。她从没挑过如此沉重的担子,双手紧抓住肩膀前方的扁担。两个盐篓仿佛两个调皮捣乱的猪崽,忽而前篓着地后篓翘起,忽而后篓着地前篓翘起。她忽而单膝跪地,忽而双膝跪地;身体忽而右倾,忽而左倾,挣扎搏斗之状,难以言表。

　　[公鸡似乎对春莲极为同情,以各种鸡能做出的动作对她表示关怀,但又无法帮助。

第八场　挑盐路上

春　莲（唱）

盐行里挑回盐一担，

一篓在后一篓前。

世上的活儿千千万，

今日方知挑担难。

一脸泪，浑身汗，

腿儿颤，腰儿酸，

肩膀疼痛如火煎。

似这般，跌跌撞撞，踉踉跄跄，

歪歪扭扭，摇摇摆摆，

好一似赤脚爬冰山，

无头的苍蝇碰窗帘，

风吹弱柳枝叶翻，

大风浪里无桅的船。

船儿虽破终能靠岸，

我的出路在哪边？

[挣扎前仆，跪倒在地。

[公鸡前后呵护，宛如情人。

（白）

公鸡啊，你若是个男人，也好帮我挑一程啊！

（唱）

女是女来男是男，

人是人来仙是仙。

人畜怎能通变幻，

心存妄想太荒诞。

打起精神壮起胆，

咬紧牙关再向前。

﹝一挑担男子与一抱婴女子同上。

﹝春莲挑担艰难行进。

抱婴女 孩子他爹,你看那挑担女子,其状甚是可怜哪!

挑担男 她那担子,看上去十分沉重!

﹝春莲扑跪在地,掩面哭泣。

抱婴女 这位大妹子,您这是……

﹝春莲哭泣着站起来,施礼。

挑担男 您是哪个村的?

春　莲 季家湾。

抱婴女 您挑的是?

春　莲 是盐。

挑担男　您是顺发盐铺的……

春　莲　正是。

抱婴女　你就是那个与公鸡拜堂的新媳妇？

春　莲　正是。

抱婴女　这就是那只公鸡？

春　莲　正是。

抱婴女　(悄对丈夫)听说这只公鸡能够变化人形，每天晚上与她同睡？

挑担男　(悄对妻子)世上哪有鬼怪？鬼怪都是人心里想出来的。(转对春莲)这两篓盐可是不轻啊！

春　莲　整整八十斤。

抱婴女　你那婆婆，心可真够狠的。

挑担男　大妹子，看这样子，你是第一次挑担。

春　莲　平生第一次。

挑担男　我的担子轻，你的担子重。我帮你挑着这重的，你挑着我这轻的，我们两口子送你一程。

春　莲　不敢劳动大哥。

抱婴女　你就别客气了，人生在世，谁还没有点难处。

春　莲　如此，就劳烦大哥了。

〔两人换担子。

挑担男 大妹子啊,这挑担子啊,也要顺着劲儿,不能拧别着。

（唱）

一根扁担两头尖,

中间坚实两头颤。

腰板挺直腿莫软,

两只眼睛看向前。

〔挑担男子示范,春莲学习。

抱婴女 腰板挺直,胳膊甩开。

挑担男 （唱）

步子跟着扁担走,

气息调匀莫耸肩。

〔三人相跟着下。

〔庄雄才一伙大呼小叫着跑过场。鹰哨狗吠,枪声震耳。

〔挑担男子、抱婴女子与春莲上。

〔春莲的挑担技术已大有进步。

挑担男 （放下盐担）大妹子,前边我们就该拐弯了,不能往前送你了。

春　莲　（放下担子）多谢大哥大嫂。

挑担男　按说，我们应该把你送回家才是。

春　莲　已经感激不尽了。

抱婴女　（掏出一条毛巾、一个煮鸡蛋）大妹子，这是俺孩子他姥姥送的。这条毛巾，你用来擦汗垫肩，这个鸡蛋，你吃下去垫巴垫巴。肚里没食，身上无力啊！

春　莲　（感动至极，掩面抽泣）如此大恩大德，春莲不知如何报答……

抱婴女　你就别客气了，苦命的人儿，你就慢慢地熬吧。

　　　　〔挑担男子和抱婴女子下。

　　　　〔春莲将扁担放两盐篓上，人坐在扁担上。用毛巾擦汗，吃蛋，被噎住。

春　莲　（唱）

　　　一口蛋噎得我肠搅胃翻，

　　　身上冷心里暖珠泪涟涟。

　　　看人家夫唱妇随相依相伴，

我一人如孤雁形只影单。

看人家粉琢的婴儿怀中安眠,

我只有一只鸡立在身边。

不怨天不怨地怨我命蹇。

(掩面哭泣)

忽听得那边厢狗叫人喧。

[庄雄才率众混混上。

庄雄才 小的们!

王豹与众混混 在!

庄雄才 吆喝了半天,连根兔子毛都没见着。

王　豹 兔子听说您要来,都躲起来了。

庄雄才 兔子听谁说我要来?

王　豹 您一出城就吆喝,兔子还听不着?

庄雄才 这么说是我的错?

王　豹 是您的错,少爷!

庄雄才 大胆狗才!别说不是我的错,就算是我的错,你也不能说是我的错。

王　豹 小的明白了。

庄雄才 再不明白我就砸了你的狗食钵子!

王　　豹　是!

庄雄才　听听那边是什么声音?

王　　豹　没有声音!

庄雄才　混账!本队长分明听到有个女人在哭泣!

王　　豹　没有。

庄雄才　往那边看!

王豹与众混混　少爷好眼力,果然是个女人!

庄雄才　走着,过去看看,也许是一个弱女子,需要我们帮助。

　　　　[众混混围拢,春莲慌忙整理担子,欲行,被阻拦。

庄雄才　(夸张地探头观看春莲容貌)呜呀呀!国色天香啊!

王　　豹　(旁白)瞧瞧这副德性吧,看到漂亮女人,就跟苍蝇见了血似的。

庄雄才　给我上去问问,她家住哪里,姓甚名谁,为何在这荒郊野外掩面哭泣?

王　　豹　少爷,您这不是脱了裤子放屁找麻烦吗?您自己问一下不就得了?

庄雄才　无知的狗才,这是礼节!

王　豹　(上前,旁白)我怎么瞅着这么眼熟啊。哦,想起来了!是顺发盐铺的公鸡媳妇。我还惦念着她呢,想不到被少爷看上了。这可就麻烦了,我怎么这么倒霉呢!(对春莲)哎,你这女子听着,我家少爷问你姓什么,叫什么,家住哪里,一个人待在这荒郊野外哭什么?

春　莲　(冷冷地)我哭我的,与你们何干?

王　豹　少爷,听到了吧?

庄雄才　告诉她,队长我心地善良,最看不得女人伤心落泪。她这一哭啊,把我的心都哭碎了啊!

王　豹　(对春莲)听到了吧?我们家少爷的心都碎了。

庄雄才　队长!

王　豹　是,少——队长!

春　莲　猫哭老鼠假慈悲!

王　豹　队长,她说你是猫哭老鼠假慈悲。

庄雄才　蠢材!连句话都不会说。看我自己上前去说。

王　豹　早该您自己去说,这掏心窝子的话,哪有让人传的?

庄雄才　小娘子哎,看您这娇花弱柳的小模样儿,怎么能干这力笨活儿呢?不如跟着队长我回家,我让你披金挂银,穿绸着缎,吃香喝辣……享不尽的荣华富贵啊!

春　莲　大胆狂徒!光天化日之下,公然调戏民女,难道你不怕王法吗?

庄雄才　我这不是可怜你,同情你,喜欢你,想把你从苦海里捞出来吗?真是好心当了驴肝肺!

春　莲　谢谢你的好心。

　　〔春莲挑起担子欲走,被庄雄才一把扯住。

庄雄才　别走啊,我心里的话还没说完呢。

春　莲　放开我。

庄雄才　我怎么舍得放开你?

　　〔公鸡扑上来,咯咯叫着,猛啄了庄雄才的耳朵。

　　〔庄雄才惨叫着松开春莲。

庄雄才　哎哟,痛死我了。

王　豹　（旁白）顺发盐铺的铁爪鸡厉害,哪个不知,谁人不晓?

庄雄才　放鹰,嗾犬!

　　［狗扑上去,被公鸡一爪子打在头上,狗惨叫着逃开。

　　［鹰扑上去与公鸡搏斗,不分胜负。狗从后边偷袭,咬住公鸡的腿,鹰顺势捉住公鸡。

　　［一混混开枪,误将狗打死。

庄雄才　我的狗啊……

　　［春莲抽出扁担,打死鹰。

庄雄才　我的鹰啊……连人带鸡一起拿下!

　　［公鸡振翅长鸣。众混混退缩。

庄雄才　上啊!

王豹与众混混　上啊!

　　［公鸡奋起,猛啄庄雄才的脑袋。庄雄才与众混混抱头鼠窜。

王　豹　（折返回来,对春莲）大妹子哎,小娘子哎,我这个人,看起来像个坏人,但实际上是个好人。我就实话对你说吧。你那个丈夫哎,早就死喽!

骨灰盒是我亲手交给你婆婆的。我家这个少爷，不是个好东西，你千万别信他的花言巧语。你婆婆要认我做儿子，咱两个配对正合适……

春　莲　狂徒！

王　豹　我说的句句都是实话，信不信由你啦！

　　　　〔王豹转身跑下。

春　莲　（踉跄，跺步，绞身，手扶扁担站定）

　　　　（唱）

　　　　听狂徒一席话如雷轰顶，

　　　　却原来心中猜疑俱是实情。

　　　　我犹如茫茫黑夜迷了路径，

　　　　头发蒙耳蜂鸣眼冒金星，

　　　　向前走，一团黑，

　　　　往后退，黑窟窿，

　　　　前不见五指，后不见身影，

　　　　叫天天不应，

　　　　呼地地不灵。

　　　　恨不得哭倒长城八千里，

　　　　恨不得扒了宫殿拆皇陵。

恨不得插翅飞上凌霄殿,
与玉皇大帝把理争。
恨不得变成冤魂下地狱,
向阎王老子来求情。
求他们放我丈夫还阳世,
让我领略人间夫妻情。
……

第九场　星官归来

［舞台左侧是盐铺柜台,右侧是春莲与公鸡的居室。悲怆的音乐声中,春莲将床上的红纱、墙上的红"喜"字撕下来,扔在地上。

春　莲　（唱）

抛盐篓,抱公鸡,

一步一拐,又悲又愤,

哭哭啼啼,疯疯癫癫,

人病鸡残,

挨回家院。

（白）

这这这,这是我的家吗?

（唱）

与其说这是家，

还不如说是埋葬我的万丈深渊。

季王氏 （恨恨地）今天夜里，你要不把那两篓盐给我找回来，我跟你没完。

春　莲 （唱）

回家后与婆婆把理辩，

她拳打脚踢不由我开言。

季王氏 （唱）

头遭让你去挑盐，

你抱只公鸡转回还。

两篓食盐八十斤，

你给我算算多少钱？

（白）

气死老身了！

春　莲 （唱）

你的儿已经客死异邦，

为什么还要骗我上这破船？

难道我一辈子与鸡相伴？

这茫茫的苦海何处是岸?

季王氏 (唱)

说一千,道一万。

找不回盐篓扁担我把你皮打烂!

(白)

还不快找去!

春　莲 (唱)

婆婆休要起嚣声,

三寸的小虫子也有性情。

我忍气吞声两月整,

只因为有个盼望在东瀛。

如今打破了青春梦,

一条贱命比羽毛轻。

我吞砒霜,绳套颈,

跳大河,投枯井,

下阴曹,闯幽冥,

阎罗殿前把理争。

我我我,

我要告你呀!

　　　　我告你昧着良心把人骗，

　　　　让我黄花闺女嫁鸡公……

季王氏　哎哟喂！你倒吓唬起我来了！小贱人哪，要死你就快点死。你死了，正好与我那死去的儿子合坟茔，也算了了我一桩心事……我那可怜的儿啊……

　　　〔灯光暗，季王氏下。

春　莲　（唱）

　　　　狠狠心将红纱抛上梁头，

　　　　万般的烦恼一旦休。

　　　〔公鸡在笼中挣扎，鸣叫。

春　莲　公鸡啊公鸡，你这是要阻拦我吗？

　　　〔公鸡撞翻鸡笼出，"叼"走春莲手上的红纱。鸡扯人拽，伴以凄美音乐，犹似奇特舞蹈。

　　　〔春莲将红纱挽卷在臂，将公鸡拉到面前。

春　莲　公鸡啊公鸡，今日你为我受了重伤，就让我用这红纱给你包扎一下伤口吧。

　　　〔春莲撕下一绺红纱，为公鸡包扎腿上伤口。

　　　〔公鸡依偎春莲，似有感激之意。

春　莲　公鸡啊公鸡，可你只是只公鸡啊！

第九场　星官归来　107

（唱）

我本想头悬梁一死了之，

谁知这锦羽鸡通晓人意。

又一想我不能轻易去死，

让婆婆埋进坟去做鬼妻。

周身的痛疼难以支持——

（白）

公鸡啊，你入笼去吧。

（唱）

我这厢和衣卧凉床冰席。

［公鸡入笼，灯光渐弱。

［季王氏悄悄上，灯光渐强。

季王氏 嘻，尽管我嘴上说得狠，可这心里还是记挂着这小贱人。也真是委屈她了。她要真想不开，寻了短见，我季王氏可就真的成了孤家寡人了。

［季王氏侧耳倾听着春莲室内的动静。

季王氏 听到那小贱人在梦中呻唤，还好，活着就好哇。赶明儿个，我要对她好一点儿，逼死儿媳，我也就山穷水尽了。

〔季星官面蒙黑纱,悄悄地上,走到季王氏背后。

季星官 (悄声)母亲。

〔季王氏猛回头,惊叫半声,季星官上前堵住她的嘴巴。

季星官 母亲不要出声。

季王氏 你是何人?

季星官 我是您的儿子星官啊……

季王氏 星官,我的儿,我知道你是鬼,你是鬼娘也不怕,你是鬼娘也要看看你……

季星官 (摘去蒙面黑纱)母亲,我真是星官啊!

季王氏 我的儿,你的骨灰都送回来了呀……

季星官 母亲,这是瞒天过海的巧计。

季王氏 我的儿,你真的是人?

季星官 母亲,让我咬咬您的手指……

〔季星官咬母亲手指。

季王氏 我的儿啊……

(唱)

这真是从天上掉下了一个儿子……

季星官　母亲,儿子此次回乡,肩负着千斤重担。我记得父亲为防匪盗筑有密室暗道,请母亲速带儿子前去。许多机密话儿,到了那里,再与您细细说明。

第十场　锦衣闪烁

〔春莲卧室。

〔灯光变幻,如同梦境。

〔季星官披一件彩光闪烁的锦衣上。

季星官　（唱）

听母亲讲述了家中变故,

真好比生大病死后复苏。

宋氏女守空房两月有余,

知我死必绝望心如朽株。

万一她想不开寻了短见,

这天大的罪过谁能担负。

为保密暂不能说出真相,

我且扮锦衣仙将她慰抚。

我老父为防匪筑有暗道，

来无影去无踪进退自如。

〔季星官用红布盖住鸡笼。照料春莲，为她拭面、揉肩，种种柔情款曲。

春　莲　（惊醒）你是何人哪？！

季星官　（愕然）

（唱）

小娘子睁开眼容貌顿现，

似乎是桥头女子来到眼前。

世上难道有这种巧事？

无意中成就了美满姻缘。

欲要说破这个中的机关，

只怕是女人家嘴巴不严。

我还是先把这鸡精来扮……

春　莲　你到底是何人？

季星官　你是我的恩人哪。

春　莲　我何曾施恩于你？

季星官　一夜夫妻百日恩哪！

春　莲　你这浮浪狂徒,一派胡言。想我那丈夫,在我婚前即死,难道你是他的鬼魂吗?

季星官　我不是他的鬼魂,我们是拜过天地的夫妻啊!

春　莲　你这狂徒,深更半夜,潜入我室,是想污我名节吗?

季星官　娘子啊,休要喊叫,隔墙有耳,被人听到,可就有口难辩了。

春　莲　你快快离去,莫欺负我这苦命的女人……

季星官　(唱)

　　　　叫一声娘子休要惊疑,

　　　　我们是拜过堂的合法夫妻。

　　　　你浑身是伤,病情沉重,

　　　　就让我陪伴你到黎明之时。

春　莲　(无力地)你快快离去啊……

　　　　〔季公子照顾春莲。

　　　　〔远处传来一声鸡鸣。

季星官　娘子闭上眼睛好生将息,咱们后会有期。

　　　　〔季星官飘然而逝。

春　莲　(唱)

　　　　听雄鸡一声啼裂石穿云,

方才事不知道是梦是真。

这公子丰仪美临风玉树,

好一似九重天上谪下的仙人。

若说是梦,室中香气犹未散尽,

若说是真,他来无影去无踪仿佛幽魂。

半是惊半是喜心神不定,

半是愁半是恨忧烦焦心。

命中的冤家逃脱不了。

挣扎起病体打开房门。

第十一场　撞墙救鸡

〔顺发盐铺。

〔季王氏坐在柜台后抽烟,尽管她努力地不露声色,但内心的喜悦还是溢于言表。

〔春莲持木杵舂盐,公鸡立在她身后,仿佛忠诚侍卫。

季王氏　（旁白）儿子从天而降,老身我喜不自禁。我儿身负革命大任,在地洞里秘密制造炸弹,等待革命时机。儿子叮嘱我不要喜形于色,所以呀,我还要狠起来呢！（对春莲）我说你这小贱人,别在那儿假模假式地捣了。扁担盐篓你给我丢了,公鸡也给我伤了,到底发生了什么事,你倒是说啊！

春　莲　（唱）

　　任婆婆恶言恨语我充耳不闻，

　　昨夜事已让我乱了心神。

季王氏　小贱人，歇会儿吧，喝点水，吃点东西，你不心疼我，我还心疼你呢。

　　〔公鸡焦躁不安，冲着季王氏咯咯叫唤。

季王氏　嘿，你们俩倒成一伙儿了。

　　〔王豹在前，引领着庄雄才和众混混上。

　　〔庄雄才耳朵上缠着纱布。

王　豹　少爷，顺发盐铺到了。

庄雄才　给本少爷通报！

王　豹　顺发盐铺的听着了，庄公子到了！

季王氏　哪里来的什么庄公子，分明是恶徒上门讹诈。媳妇儿，你先躲进内室，婆婆来应付他们。危急时刻，还得我这老将出马。神鸡，你来护卫老身。

　　〔公鸡不情愿地走到季王氏身侧。

季王氏　你快快躲起来呀！

[春莲下。

庄雄才 通报,把本少爷的名号报全。

王　豹 顺发盐铺的听着:高密县太爷的公子,大清朝候补知县、本县盐务局局长兼洋枪队队长庄雄才,前来巡视。快来迎接呀!

季王氏 如果真是那盐务局局长,还真是不敢怠慢哪。(出柜台作揖)不知局长大驾光临,老身这边有礼了!

庄雄才 (手提马鞭,指指点点)喊了半天,喊出个老婆子来。你们家男人呢?

王　豹 (悄声)他们家男人都死了。

庄雄才 (踹一脚王豹)多嘴!

季王氏 (哭泣)我那丈夫,半年前不幸染病身亡了啊!

庄雄才 是你毒死的吧?

季王氏 公子怎能如此说话呀!

庄雄才 这种事本公子见多了,譬如我爷爷就是被我奶奶给毒死的。

季王氏 那是公子家的光荣,老身担当不起呀。

庄雄才 担当不起就不用担当了。丈夫死了,那你儿子呢?

季王氏 (掩面泣)我那可怜的儿子,他……

　　　　〔王豹对庄雄才附耳低言。

庄雄才 丈夫死了,儿子也死了,你这老婆子这命可真够硬的。家中还有何人?

季王氏 与寡媳为伴。

庄雄才 怎么没见你那寡媳呢?

季王氏 我那寡媳染病,在内室休息。

庄雄才 让她出来见我,本公子还带给她一份厚礼呢!

季王氏 寡媳染上了伤寒恶症,不便见人。

庄雄才 那我进去见见她。

季王氏 公子啊,寡妇门前是非多。您可要珍惜名声啊!

王　豹 (悄对庄雄才)少爷,听出来了吧?这老婆子棉絮里包钢针,句句扎着您哪!

庄雄才 我有这么笨吗,还用得着你提醒儿?(转向季王氏)哎,老婆子,你别想歪了,本少爷是遵朝廷整顿盐务之命,代家父下乡巡视,咱们,公事公办吧。把你家那卖盐的执照,拿出来看看吧。

季王氏 执照吗?就挂在那边墙上,公子请看吧。

庄雄才 (对王豹)过去看看。

王 豹 少爷,小的不认识字。

庄雄才 字都不认识,你认识什么?

王 豹 小的认钱!

庄雄才 我呸!

〔庄雄才装模作样地看墙上执照。

庄雄才 老婆子哎!

季王氏 老身听着呢!

庄雄才 你这执照是何时颁发的?

季王氏 光绪十年。

庄雄才 老婆子,现在是宣统三年喽,这牌照,早该换发了。

季王氏 公子啊,为了这牌照,我家卖了五十亩良田,我那老公公为与人争这张盐牌,喝下了半瓢铁浆,搭上了一条性命!这卖盐执照,是长期有效、世代相传的呀。

庄雄才 什么长期有效世代相传,新皇颁旨:盐业系统全面整顿,重新颁发执照,否则一律按私卖论处!

季王氏 公子,可怜我一门双寡,您高抬贵手吧!

庄雄才 老婆子,你们家的情况的确值得同情,可皇上旨意,谁敢违抗?咱们公事公办吧。

季王氏 公子啊,老身已给您备好了二两银子的酒钱。

庄雄才 老婆子哎,你把本少爷当成什么人啦?你以为本少爷是叫花子,是来你这里讨饭的?

季王氏 小本生意,勉强支撑。公子不要嫌少啊!

王　豹 少爷,二两银子也是银子,积少成多,要不我代您收下?

庄雄才 呸!你那点出息!把话跟她挑明!

王　豹 少爷,那小娘们哭丧个脸,实在配不上您……

庄雄才 狗才,少爷我一见钟情,说去!

王　豹 (旁白)他奶奶的,明明是我先看上的人儿,可还要给这孙子去说。唉,谁让咱给人家当差呢!(对季王氏)我说你这老婆子,怎么这么笨哪,我们家少爷冲着什么来的你还没看出来吗?

季王氏 老身糊涂了……

王　豹　让你那寡媳出来见见哪！

季王氏　……这……不合适呀……

王　豹　老婆子,咱们也算熟人了,我给你捅开天窗说亮话吧,我们家少爷看上你们家儿媳了,你呀,不如顺水推舟,做个人情吧。

季王氏　您这是说的什么话呀。

王　豹　我说的是大实话呀,只要让你那媳妇遂了我家少爷的意,什么执照不执照的,还不是我们少爷一句话的事儿。

季王氏　这事万万不可呀！

王　豹　老婆子哎,我也不劝了,你也别装了。您这儿媳妇,说明白了也是我那媒婆姑姑骗来的。

季王氏　我们是明媒正娶！

王　豹　什么明媒正娶,弄了只公鸡糊弄人家呗！

季王氏　我们家这是神鸡！可以变化成人的。

王　豹　（对庄雄才）少爷,您听到了吧？她说是神鸡,能变化成人。

　　　　〔公鸡咯咯叫着跳出,怒啄王豹。

庄雄才　我呸！给我把这鸡妖拿下。

第十一场　撞墙救鸡　　121

［众混混搏鸡,鸡因伤不敌,被擒,惨叫。

庄雄才 你变啊,变啊,变个人给咱看看! 奶奶的,给我拔了它的毛,扎个鸡毛掸子!

王　豹 好嘞! 活拔鸡毛,扎出来的掸子旺相!

［春莲急出。

春　莲（唱）

闻神鸡声声惨叫将我呼唤,

急急忙出内室哪顾脸面。

众狂徒上门来无端纠缠,

查执照是借口实为春莲。

老婆婆纵然有千般不好,

关键时还与我共乘破船。

这神鸡对我有勇有义,

绝不能眼见它命赴黄泉。

（白）

狂徒啊,快将我家神鸡放开……

庄雄才 小娘子哎,你总算出来了。

春　莲 狂徒,快将我家神鸡放开! 否则……

庄雄才 否则你怎么着?

春　莲　我以死相拼!

庄雄才　嘿,为了只鸡你与我以死相拼?

春　莲　它有忠有义,胜过你们这些狂徒。

王　豹　少爷,听到了没有? 她跟这鸡还真有了情儿。

庄雄才　(对王豹)你去问问她,公鸡虽好,也不能行男女之事吧?

王　豹　少爷,这种话儿,您还是自己去问吧。

庄雄才　我自己去问,还要你们这群奴才何用?

王　豹　少爷,奴才也有尊严,少爷说不出口的话儿,奴才就能说出口吗?

庄雄才　狗屁的尊严! 上前问去,回府赏你一两银子!

王　豹　少爷,您可说话算数!

庄雄才　上前问去。

王　豹　兀那小娘子,我家少爷问你,这公鸡再好,也不能行那男女之事吧?

春　莲　(唱)

听狂徒无耻语羞红面颊,

春莲我虽出嫁却守着活寡。

千般的屈辱我嚼碎咽下,

第十一场　撞墙救鸡

救神鸡一条命才是正话。

　　（白）

　　狂徒，快快放了我家神鸡！这男女的事嘛，回家去问你的母亲。

王　豹　少爷，听到了吧？让你回家问你娘去。

庄雄才　蠢材！滚到一边！（转向春莲）小娘子哎，我也不必遮遮掩掩了，你也不必扭扭捏捏了。咱俩挑明了说吧。少爷我一见你，就好似那张生见了莺莺，迷上了呀。

　　（唱）

　　你这样不明不白守活寡，

　　也不是个长远好办法。

　　虽然缺不了吃与穿，

　　但人世间的乐趣，

　　那个啥，那个啥……

　　你啥都没尝着。

　　只要你答应嫁给我，

　　八人大轿把你抬回家，

　　你说啥，我听啥，

你要啥,我给啥。

我百依百顺听你的话,

过两年啊,咱生上一个胖娃娃。

春　莲　狂徒啊!

（唱）

你淫言浪语将我戏耍,

我火烧胸膛咬碎银牙。

难道这大清朝没了王法?

难道这玉帝爷爷双眼瞎?

难道如来佛把六道轮回、

因果报应全废啦?

任凭恶棍横行天下?

快快放开我的鸡,

要不然,我撞死在你面前,

化作厉鬼将你拿。

庄雄才　小的们。

王豹等　有。

庄雄才　你说这小娘子怎么这么糊涂啊,少爷我指一条阳关大道她不走,非要在独木桥上瞎转悠。

春　莲　狂徒,快放我神鸡。

王　豹　都是这鸡闹的。

庄雄才　有啥法子没有?

　　　　[王豹附庄雄才耳低语。

庄雄才　好计!(对季王氏)老婆子哎!

季王氏　老身听着呢。

庄雄才　情况就是这么个情况,你可听明白了?

季王氏　老身不明白。

庄雄才　老婆子,你这是揣着明白装糊涂。去劝劝你那儿媳妇,只要她顺从了我,你们家的营业执照,本少爷给你免费更换,你买这媳妇花了多少钱,本少爷加倍偿还。否则嘛,本少爷把公鸡脖子咔嚓这么一拧,你儿媳妇把脑袋往墙上呼嗵这么一撞,本少爷再把你的盐铺呼啦这么一封,老婆子哎,你可就癞蛤蟆吞了斑蝥——难受起来啦!

季王氏　公子啊,这天底下难道真的没有王法了吗?

王　豹　老婶子哎,您这脖子之上是脑袋瓜子还是榆木疙瘩?什么王法李法,县官不如现管喽!

季王氏　老身要到县衙前击鼓鸣冤!

王　豹　县太爷是我家少爷的亲爹。

季王氏　县里告不成,就到府上告。

王　豹　太守是我们家老爷的姐夫。

季王氏　省里告去!

王　豹　老婆子哎,巡抚大人第八房姨太太就是我们公子的亲姐姐。

季王氏　如此说来,老身只能身背黄榜,进京告状了。难道当今皇上也是你们家的亲戚?

庄雄才　老婆子哎,当今皇上虽不是我家亲戚,但他啊,是泥菩萨过河——自身难保喽。

季王氏　这是什么世道啊!

庄雄才　这世道嘛,真不是什么好世道,所以啊,老太太,你就得乐且乐吧。这么着吧,反正您这儿媳妇也是有名无实,你就收了她当义女,然后把她嫁给我,这样,你就成了我的老丈母娘,你也不用卖盐了,跟我进城享福吧!

季王氏　公子,不要拿我们寡妇取笑。

庄雄才　嗐,你这老太太,我一片真心对你,你怎么这么不懂事呢!

第十一场　撞墙救鸡　127

季王氏 （对春莲）媳妇啊，这可如何是好啊！

春　莲 婆婆，休要听信这狂徒的花言巧语。

季王氏 （对庄雄才）公子啊，我这媳妇脾气倔强，老身不能逼她啊。

庄雄才 再去劝劝！

季王氏 （对春莲）媳妇，要不，你姑且答应下来吧？

春　莲 婆婆，你这是要我答应他吗？

季王氏 人在屋檐下，不敢不低头哇。

春　莲 婆婆啊，你就要发大财啦。

季王氏 老身只想过几年平安日子，不去想什么钱财了。

春　莲 婆婆，你要享大福了！

季王氏 老身也活不了几年啦。

春　莲 （对庄雄才）

　　　　（唱）

　　　　如要春莲依顺你，

　　　　先放开我的锦羽鸡。

庄雄才 放开，放开！

　　　　〔众放开公鸡。公鸡逃回春莲身边。

春　莲　（手抚公鸡羽毛）

（唱）

叫一声鸡兄你听真，

你我此生有缘分。

你前日奋不顾身将我救，

春莲今日报你恩。

你快快逃离这是非地，

到深山老林去安身。

白日觅食防蛇咬，

夜宿枝头避鹰隼。

快走了啊……

〔春莲将公鸡猛推出，然后头撞墙壁。

王　豹　（大呼）出人命喽——！

季王氏　媳妇啊！

〔公鸡奋勇扑啄庄雄才。

〔庄雄才与众混混逃下。

第十二场　两情缱绻

［数日后的夜晚。
［春莲扶病体坐在床上。
［季王氏端一碗米汤上。

季王氏　媳妇,这是老身为你熬的米汤,你趁热喝下去吧。
春　莲　谢谢婆婆。
季王氏　媳妇啊,你可要想开啊!
春　莲　婆婆放心。
季王氏　这就对了,熬着吧,总能熬到个出头之日。
春　莲　婆婆还有事吗?
季王氏　没有了。

春　莲　请婆婆回房歇息去吧。

季王氏　媳妇喝了汤,也早些歇了吧。

[季王氏退下。

春　莲　(起身掩门)

(唱)

费口舌将婆婆支到一边,

掩门户剔灯盏静坐床前。

头撞墙受重伤命悬一线,

多亏了锦衣公子他勤俯就,喂汤饭,

又嘘寒,又问暖,

夜半来,凌晨去,

使我这濒死的人儿又生还。

回想起每夜里柔情缱绻,

不由我心头撞鹿坐立不安。

因病体不堪就男欢女爱,

公子他善解人意举止谦谦。

今夜晚,

我点朱唇,匀粉面,

描柳眉,着新衫,

敛愁容，展笑颜，

将诸般烦扰抛脑后，

与多情公子赴巫山。

（白）

公子啊，你怎么还不来呀。

［季星官悄上至春莲身后。

季星官 娘子啊，我已经来了呀。

春　莲 冤家，你把我吓死了呀。

季星官 娘子莫怕。

［二人拥抱，四目相视，春莲羞涩，欲就又闪。

春　莲 公子，你去看看那房门闩好了没有啊？

季星官 闩好了呀。

春　莲 我那婆婆……

季星官 早就睡过去了。

春　莲 窗外是否有人偷听？

季星官 这深更半夜，哪里有人偷听呀。

春　莲 公子……

季星官 娘子……

春　莲 冤家……

季星官　春莲……

　　　　［二人亲吻。

春　莲　（唱）

　　　　初被吻如电击身心震撼，

季星官　（唱）

　　　　如蜂儿采花蜜心口甘甜。

春　莲　（唱）

　　　　问公子你嫌不嫌我出身卑贱？

季星官　（唱）

　　　　你本是明月珠误投泥潭。

春　莲　（唱）

　　　　受君恩难为报愿将身献，

季星官　（唱）

　　　　与娘子共效那鱼水之欢。

春　莲　（唱）

　　　　待春莲摘下这头上钗簪，

季星官　（唱）

　　　　青丝发如乌云遮住双肩。

春　莲　你真的不嫌我是寡妇吗？

季星官 娘子,你我是原配的夫妻呀!

春　莲　(唱)

为郎君脱下这斑斓锦衣。

季星官　(唱)

为娘子解开这出嫁的红衫。

［象征性的缠绵舞蹈。

［二幕合上。

［王婆到二幕前,做翻墙跌倒状。

王　婆　嗐,跌死老娘了!我道是怎么连县太爷家的公子也看不上呢,原来是养了小白脸儿。不过这真也奇了怪了,这窗合着,门关着,那个人,说来就来了,说走就走了。我听了这么多天墙根,也没听出个名堂来,难道真是那公鸡成精变人形?世界上真有这种事?哎呀,我这脊梁沟可是一阵阵发凉啊,鸡皮疙瘩都冒出来了。

(唱)

听墙根听得我,

酸溜溜儿,美滋滋儿,泪汪汪的,凉丝丝儿,

说不清心里是啥滋味儿。

嗐,管他是人还是鬼,

管他是妖还是魅。

他们两个滚床单儿,

我一溜小跑去报信。

先要他白银三十两,

再带他们来抓双对儿。

（白）

这事缺德不？缺！缺德怎么还要干呢？嗐,这不是为了赚银子嘛。难道就为了赚银子？嗐,这不是看人家相好吃醋吗？难道就因为吃醋？嗐,我干吗自己拷问自己？这世上比我坏的人多了去啦,大家不都假模假样有滋有味地活着吗？得了,报信去了。

［二幕开。接前景。

春　莲　（唱）

与公子鸳鸯戏水并蒂莲,

心里头悲喜交集泪如涌泉。

季星官　（唱）

用舌尖舔去娘子腮边泪,

再用那温存手把玉体抚遍。

春　莲　（唱）

好似那久旱的禾苗春雨浇灌，

有这样一场梦虽死无憾。

季星官　（唱）

看似梦实非梦，亦真亦幻，

你我的好时光万万千千。

春　莲　（唱）

怕只怕有一天被人看穿，

到那时就要丢人现眼。

春莲我破罐破摔随他们便，

只担心让公子受到牵连。

季星官　（唱）

我早已将生死置之度外，

为娘子我敢闯火海刀山。

伸双臂再将你拥抱入怀，

弹琵琶调玉筝再奏和弦。

春　莲　（唱）

锦鸡鸣玉鸟唱千回百转，

　　　　耕白云播细雨情意缠绵。

　　　　我与你结下三生缘,

　　　　同船共渡登彼岸。

　　　［遥远处传来一声鸡鸣。

季星官　（慌忙起身）娘子,我该走了。

春　莲　（搂住季）我不让你走。

季星官　我也舍不得娘子,但我必须走了。

春　莲　（哭泣）你为什么要走哇,难道是嫌弃奴家了吗?

季星官　（唱）

　　　　娘子是我掌中宝,

　　　　娘子是我小心肝儿。

　　　　千爱万爱爱不够,

　　　　怎会变心将你嫌?

春　莲　公子既然不嫌我,那就再陪我一会儿吧。

季星官　（心神不安地）好哇,我就再陪娘子一会儿。

　　　［两人相拥,恋恋不舍。

　　　［鸡鸣声又起。

季星官　娘子给我锦衣,我必须走了呀。

春　莲　既然你已将生死置之度外,还有什么可怕的呀!
季星官　娘子呀,有一些事情,比死还要可怕呀。
春　莲　(唱)

　　公子呀,你我相识已近月,

　　今夜又做同床欢。

　　你来无形影去无踪,

　　从不把身世对我谈。

　　难道你是阴间鬼,

　　或是妖精把人变?

季星官　(唱)

　　我若是妖精把人变,

　　娘子把我怎样办?

　　是请道士来抓妖,

　　还是将我捆绑去送官?

春　莲　(唱)

　　如果你是妖精变,

　　我先请道士设道坛,

　　门窗贴上抓妖符,

　　　　梁头高悬降妖剑。

　　　　道士把你镇压住，

　　　　再将你五花大绑去送官。

季星官　（唱）

　　　　听娘子一席话心惊胆战，

　　　　人与妖毕竟是远隔重山。

　　　　请娘子速速将锦衣还我，

　　　　从今后不再来招你厌烦。

春　莲　冤家呀！

　　　　（唱）

　　　　你对我柔情似水恩重如山，

　　　　你让我如生彩翼飞向云端。

　　　　纵然你是公鸡变，

　　　　我也陪你到百年。

　　　　［季星官与春莲相拥缠绵。

　　　　［媒婆带庄雄才等破门而入。

王　婆　左邻右舍，快来看哪！族长里正，快来管哪！

　　　　［季星官欲夺锦衣，但已被王豹等人擒住，难以挣脱。

庄雄才 （捶胸顿足）一棵小白菜,被猪给啃了,我痛苦啊!

王　豹 （旁白）也总比让你这头猪啃了好。

第十三场　公审奇案

　　[祠堂前,一堆柴火熊熊燃烧。
　　[春莲与季星官身上只穿轻薄内衣被捆绑在火堆前。
　　[知县身穿官服,装模作样地坐在案子后。
　　[庄雄才坐在知县身边。
　　[季王氏、媒婆与众百姓分列两侧。
　　[王豹等喽啰散布台上。
　　[众人交头接耳,低声议论。

庄雄才　(起身大喊)肃静!肃静!
王　豹　少爷,您坐着,这打场子的事儿那还用您啊?
庄雄才　我这不是情动于中,发泄于外吗?再说了,顺发盐铺出了这等丑闻,也让我盐务局声誉受损。又说了,我苦苦追求这春莲,她将我一片真情视为粪土,私下里竟跟这鸡精好上了,让我这堂堂的候补知县何等难堪!

王　　豹　（旁白）他爹花了四百两银子给他捐了个候补知县,他竟拿着棒槌认起针(真)来了。

知　　县　（故作威严地咳嗽一声,猛拍惊堂木）

蹊跷公鸡案,传遍高密县。

下乡设公堂,当众来审判。

（唱）

细观察,找破绽。

本县我,有明断。

审他个妖魔鬼怪原形现,

借着这乱世好升官。

庄雄才　爹,你要给我好好地审!

知　　县　（用惊堂木猛拍桌子）季王氏!

季王氏　民妇在。

知　　县　这个奸妇春莲,可是你家儿媳?

季王氏　家门不幸,出此贱人。

知　县　王媒婆上前答话。

王　婆　王婆在。

知　县　这门亲事可是你给说合的？

王　婆　是有这么档子事儿。为了说这媒,我跑细了腿,磨薄了嘴。可事成之后,这抠门老婆子,只用两钱银子就把我打发了。

季王氏　天地良心哪！

知　县　你明知季王氏之子已经亡故,为啥还要撮合这门婚事？

王　婆　我这不是可怜这老婆子一个人孤苦伶仃的,想找个人跟她做伴儿。再说了,春莲的爹是个大烟鬼子,把房顶上的檩条子都抽下来卖了。春莲不来季家守活寡,也得被她爹给卖到窑子里。

庄雄才　我说爹啊,你问这些干什么？你该问他们如何勾搭成奸啊！

知　县　凡事总有根梢,顺藤才好摸瓜。

庄雄才　那您就快点往下摸吧。

知　县　春莲,我来问你,新婚那日,你与何人拜堂成亲？

春　莲　（唱）

　　　　老爷您何必明知故问？

　　　　谁不知我与神鸡拜堂成亲。

知　县　你出嫁之前，是否知道要嫁给公鸡？

春　莲　（唱）

　　　　王媒婆她……说季公子留学在日本，

　　　　回国后即可封官阶七品。

庄雄才　（对王豹）你说这老糊涂，这瓜藤摸起来还没完了！

知　县　春莲，我来问你，如何与这男子勾搭成奸？

春　莲　我们不是奸夫奸妇，我们是恩爱夫妻。

知　县　没有媒妁，何来夫妻！

春　莲　（唱）

　　　　我们是天做媒地做妁，

　　　　两情相悦，两心相印，

　　　　恩恩爱爱做成了这一夜夫妻……

庄雄才　我的这心痛啊！

知　县　（问季星官）无耻男子，我来问你：你是何方人氏？姓甚名谁？如何与这女子勾搭成奸？从实招来。

庄雄才 从实招来!

季星官 姓季名京。

庄雄才 真是鸡精?

知　县 何方人氏?

季星官 天上仙班。

庄雄才 还真能忽悠!我看不动大刑是不行了。

知　县 大刑伺候!

春　莲 不许伤害我夫,春莲愿代他受刑。

庄雄才 这小娘们,还真是有情有义,我这心碎了呀!

季星官 (唱)

我本是天上星宿降人间。

庄雄才 嘿,还真是个鸡精!

知　县 荒唐!

(唱)

鬼魅变化聊斋语,

只有书呆才痴迷。

既然你能变成人,

肯定也能变回鸡。

　　　　　　假如你能变回鸡，

　　　　　　本县可以赦免你。

季星官　替我松绑。

知　县　松绑！

　　　　　［喽啰上前替季星官松绑。

　　　　　［季星官为春莲松绑。

　　　　　［季星官与春莲拥抱。

知　县　（猛拍惊堂木）成何体统！

庄雄才　把他们分开呀！

　　　　　［王豹等上前将季星官与春莲强行分开。

知　县　你这无耻奸夫，什么公鸡变人，人变公鸡，分明是一派胡言！你倒是变哪！

众喽啰　变哪！

季星官　还我锦衣。

　　　　　［一人上前将锦衣还给季星官。

季星官　（唱）

　　　　　　只要将锦衣身上披，

　　　　　　立即变化成公鸡。

众　人　变哪！

季星官 如果变化成鸡,你赦我无罪?

知　县 无罪!

季星官 她呢?

知　县 与人通奸,已是大罪;与鸡通奸,更是罪上加罪!

季星官 （唱）

　　想当初让我披红戴花拜天地,

　　春莲就是我的妻。

　　夫妻恩爱天经地义,

　　为什么要将她来处死?

春　莲 春莲不服!

（唱）

　　我与神鸡成婚配,

　　方圆百里人皆知。

　　神鸡即是我的夫,

　　季公子就是那神鸡。

　　我与公子同床睡,

　　合人性,顺天理。

　　谁要你们管闲事!

知　县　春莲此言,也有道理。季京若能变化成鸡,就判他投火而死,免得祸乱人间惹是生非。春莲嘛,鞭打四十,可以免死! 如果不能变化成鸡,判你们双双投火而死。儿子,你看这样判如何?

庄雄才　我的心乱如麻,随你的便吧。

知　县　你既然有心当官,就要好好见习。

季星官　(唱)

既然知县做判词,

我即刻变化赴火死。

鞭打我妻无公理,

可怜她弱女子屡被人欺。

娘子啊,

我死后你要多保重,

不要垂泪犯相思。

等待金凤传捷报,

城头变换汉字旗。

我会夜夜来入你的梦,

再续鸳盟赴佳期。

春　莲　郎君啊!

(唱)

我不想苟且偷生让你变异类,

你且莫将锦衣身上披。

你是堂堂正正奇男子,

我与你心相印,情相依,

相爱相知,一夜良辰,

早胜人间千百日。

[夺过锦衣投入烈火。

[二人紧紧拥抱。

刘　四　(喊叫)他不是鸡精!他是季王氏的儿子季星官!

庄雄才　革命党?!

知　县　给我拿下!

[一喽啰匆匆奔上。

喽　啰　老爷,少爷,不好了,革命党攻进县衙了!

庄雄才　爹,我们中计了!快走!

[庄雄才等架着知县率众喽啰跑下。

季星官　乡亲们,革命啦!

[众随季星官追下。

第十四场　聚歼群丑

〔王豹等扶着知县和庄雄才,气喘吁吁、跌跌撞撞上场。

知　县　(喘息未定)这……这到底是咋回事儿?
王　豹　老爷,您还没看明白啊?他们演了一场公鸡变人的苦情戏,吸引了您和少爷的洋枪队,然后,县城里的革命党便乘虚攻进了县衙。
庄雄才　爹呀,咱们怎么办……
知　县　呸,都是你干的好事!带你的洋枪队,快快去把县衙夺回来。

〔呐喊声起,季星官手提一篮他自制的炸弹追上。

　　　　［群众追上。

王　　豹　老爷,少爷,快跑吧!

　　　　［季星官投掷炸弹,洋枪队队员被炸翻。爆炸声可用锣声模拟。

　　　　［洋枪队队员射击。群众亦有伤亡。

　　　　［知县被炸死,众喽啰抬下。

　　　　［春莲带领公鸡追上,与庄雄才、王豹等迎头碰上。

王　　豹　少爷,那鸡精追上来了。

春　　莲　贼子慢走!

　　　　［公鸡踊跃上前。

庄雄才　妈了个巴子的,老子倒霉就倒在这只瘟鸡身上! 开枪,把这鸡精给我击毙!

　　　　［王豹等开枪。

　　　　［公鸡跃起,啄在庄雄才头顶。

　　　　［王豹等架着庄雄才逃下。

　　　　［季星官等与春莲会合。

季星官　娘子!

春　　莲　(嗔怒)哪个是你的娘子?!

第十四场　聚歼群丑

季星官 娘子……

春　莲 我是鸡精的娘子……你是革命党的首领……

　　　　［幕后喊杀声又起。

　　　　［众人追下。

庄雄才 我跑不动了……

王　豹 少爷,那公鸡又追上来了!

庄雄才 开枪啊!你们不都是神枪手吗?

众喽啰 我们打兔子还行,没打过鸡。

庄雄才 呸!白养了你们这群没用的东西!快,抬着老爷跑。

王　豹 少爷,不用跑了。

庄雄才 为什么?

王　豹 县城的革命党杀出来了。

庄雄才 那就往北跑。

王　豹 北边也有革命党。

庄雄才 南边也有革命党。

王　豹 少爷聪明。

庄雄才 我看着你也像革命党。

王　豹 (将枪口顶在庄雄才的胸脯上)举起手来!

〔众喽啰愕然。

王　豹　弟兄们,大清朝完蛋了,识时务者为俊杰,咱们也革命了吧,到新政府里混个小官做!

众喽啰　(把枪扔在地上)革命了!

〔秦兴邦率领着一群人从舞台右侧上。

〔季星官率领着一群人从舞台左侧上。

〔众人押着庄雄才下。

尾 声

〔春莲与公鸡上场。极优美抒情、颇具魔幻色彩的人鸡共舞。

〔季星官上。追逐春莲,但总是像盲人一样,扑上去,就被春莲轻松地闪躲过……

〔用技术手段处理,使舞台上的鸡形与披着锦衣的季星官合二为一。

〔春莲与合二为一的锦衣人共舞。

幕后伴唱 稀奇稀奇真稀奇,
假戏唱多成真实。
公鸡有情变成人,
人若无情变公鸡。

想当年,看今世,

真真假假,假假真真,

多少副面孔,多少张画皮,

终究是悲欢离合人鬼难分一场戏。

凭谁问？有谁知？

何为真情？何为真谛？

何为真仁？何为真义？

这一个真字啊,写成了千篇文章万首诗。

——剧终

i

附 录

门外谈戏

——在高密戏曲创作座谈会上的漫谈

非常高兴在春节即将来临的时候,和各位文友见面。

我们高密市文化建设的现在和未来的构想,不是一人之力所能完成的,需要上下同心,群策群力。既要有市里领导的大力支持、财政方面的持续保障,又要有组织的落实。必须有一支创作的队伍,形成创作的氛围。目前这种散兵游勇的状态,要搞文化建设,显然是不行的。

这次回来一个多月了,本来是带了一点儿任务,想创作一点儿东西,结果是很难坐下来。一方面是大家的热情邀请,另一方面也是因为我自己非常积极地参与。我觉得应该借这个机会,对我们高密新的状况,做一种哪怕走马观花式的了解。这十几年来,高密的变化确实是令人震惊的,说天翻地覆是夸张了,但说我们的变化日新月异,则基本是准确的。昨天晚上,在孚日家纺举办的团拜会上,我即席作了一首顺口溜:"四宝三贤高密市,七龙八虎凤凰城,海市蜃楼非幻境,我影投射蓬莱东。""三贤"大家都知道,晏婴、郑玄、刘墉。"四宝"就是我们的泥塑、剪纸、扑灰年画,加上我们的茂腔。过去我们叫"三贤三绝",这个"绝",有一些负面的意思,改成"四宝"好,"三贤四宝"。什么是"七龙八虎"?就是说我们高密近几年经济的起飞,跟龙头企业是分不开的。我们现在已出现孚日家纺、豪迈科技、银鹰化纤等等一些著名的大型企业,像孚日家纺的员工已经有一万七千多名,豪迈的员工也已经过万,这要在以前的话,应该是副省级单位了吧?

在我们高密,十几年的时间就出现了这么大的、上了市的、产品行销全球的企业,说明人民当中蕴藏着无穷无尽的、巨大的创造力。我对豪迈科技这个企业比较关注。我五年前来的时候,它还是小工厂的状态,我五年后再去看它的时候,就发现它确实已经是一个大企业了,能让人感觉到工人阶级的那种顶天立地的豪迈的气概;那里面的设备都是最先进的,生产的产品也都是行销全球的硬碰硬的大家伙。我说"七龙八虎",是希望我们高密市在未来的日子里,能够出现七个八个像孚日家纺、豪迈科技这样的大型企业,到那个时候高密的经济不仅仅在潍坊地区可以跃居前列,在山东省也会名列前茅。我们生产的产品科技含量高,像豪迈科技的好几种产品有世界专利。我们有"三贤四宝",我们再出现"七龙八虎",那么我们在文化和经济这两个方面,都可以当之无愧地成为全国名市。海市蜃楼其实并不是幻境,它是远方城市的投射,那么将来在蓬莱阁上望到的海市蜃楼,很可能就是我们高密市的投影。这就是我昨天那首打油诗的意思。

关于我们市的文化建设,在十七大召开以后的大好形势下,全市的上上下下,从我们的一把手,到下面的普通的老百姓,都非常热心,都非常有激情,文学艺术界的朋友们,更是跃跃欲试。我觉得每个人都憋着一股劲,都想为振兴高密的文化事业贡献自己的力量。在这样的情况下,我们应该怎么做?我们应该从哪个地方寻找突破点?怎么样真正地使高密的文化形成我们独特的风格,不是依靠别的力量,而是依靠艺术本身的力量,在全省、全国乃至在世界上造成影响。这是我们面临的非常大的也是非常困难的一个问题,当然一旦实现构想,一旦突破难关,那前景也非常辉煌。我跟市委领导也探讨过,我们的剪纸、泥塑、扑灰年画,这"三宝"当然令高密人骄傲,它有悠久的历史,曾经深入了千家万户,我们这个年纪的人小时候就是玩着泥老虎,玩着摇拉猴,拜着堂前挂的轴子,看着窗上贴的窗花长大的。在新的形势下,作为历史文化遗产,怎么焕发新的生命力,怎么样赋予它新的时代内容,怎么样才能让它适应今天这种形势,确实是难度非常大。全国不仅仅是高密有剪纸,河北啊,陕西啊,山西啊,包括南方的很多省市,也都有非常精美的剪纸。我去年在文化部中国艺术研究院参加了一个晚会,就有来自江苏的两个搞剪纸的硕士研究生,他们剪纸的艺术水准,我觉着超过我们高密剪纸的水平。剪纸、泥塑、扑灰年画在发展过程中,存在一个巨大的矛盾。如果要创新,赋予它们一些新的时代内容,那么它们必然要跟过去那种古朴的、简陋的、粗放的艺术状态产生一个矛盾。我们的泥塑,泥老虎、泥娃娃,我们这个年纪的人一看到这些东西,就想到我们的童年时期,想到了我们失去的青春岁月,想起了我们那时艰苦的生活,但如果要让年轻人,要让现在的孩子们喜欢这种东西,确实是难度比较大。现在有那么多好的、高科技的玩具,有那么多娱乐的方式,电影电视、卡拉OK、网络,你要把这些孩子吸引回来,让他来玩泥老虎,吹泥巴小鸡,让他来欣赏剪纸,我觉着无论怎么样的努力,都是事倍功半,我们的努力很可能付之流水。也就是说扑灰年画、剪纸、泥塑这"三宝"创新的余地,不是特别大。我记得在2003年的时候,中央电视台十频道来拍我的一个专题片,我们市的文化局局长带着我去姜庄考察过,也拍过一些镜头,发现一个老百姓家里,用泥塑做了一些断臂维纳斯,显得荒诞、滑稽、不伦不类,有点后现代的味道。

所以我想这不是一条出路。我们的"三宝"在目前的状况下,能够保持过去那种原始状态,作为艺术化石而存在,但要想赋予它新的内容,难度非常大。当然可以在继承传统,保持过去内容的基础上,增加、发展一些新的品种,但如何让这种古老的艺术表现当代的生活,我觉得需要认真考虑。

第四宝,我们的茂腔,去年被评为国家的第一批非物质文化遗产,这是令人振奋的消息,当时我也给文化局郭局长发了贺信。但要想让茂腔走向全国,要想让它成为高密的一张名片,目前这个状况是不能令人满意的。或者说,以茂腔目前这种现状,要想实现我们的艺术构想,要想达到我们追求的目标,还是有难度的。对茂腔我没有深入的研究,只是小时候听过茂腔的演唱。"文革"期间,我们每个村里都有业余的剧团演出,演《红灯记》《沙家浜》等样板戏,但是我想,这些剧目,实际上不能表现茂腔的特色。茂腔的传统剧,大家耳熟能详的像《罗衫记》《西京》《葡萄架》《双玉蝉》《王汉喜借年》《小姑贤》等,这些剧目大部分是从兄弟剧种移植过来的,属于我们茂腔原创的剧本几乎没有。有没有我们茂腔原创的剧本?《罗衫记》是吗?不是。现代戏《盼儿记》是原创,古典戏里边没有。"四大京""八大记",都不是。

我们如果认真地来研究一下这些传统剧本,就会发现问题确是很多。像茂腔这种小戏,从兄弟剧种那边移植剧目的时候,为了适应我们茂腔的特点,对人家的唱词做了大量的改动,增加了很多高密土话。这些高密土话的加入,加强了茂腔的地方色彩,也加强了乡土生活气息,更适合我们当地老百姓的口味,但是要让这样的东西走进艺术殿堂,会受到很大的局限。我觉得传统戏最大的问题,实际上就是剧本的问题。"文化大革命"前,毛主席批评京剧,说帝王将相、才子佳人统治了舞台,没有现代气息。别说是茂腔的剧本,即便是京剧的剧本,存在的问题也很多。第一就是思想性差。它宣扬的思想应该说是封建的、落后的,宣扬的是皇帝至尊无上,科举荣耀终生,然后就是善有善报、恶有恶报的轮回报应。这种思想境界较低,局限性很大。这种东西我想作为艺术的思想的化石,作为过去中国人的道德价值观念,当然可以让它存在，但是让它适应现代人需要，满足现代观众要求，是远远地不够了。

另外一点就是文学性差。文学性差实际上也不是茂腔剧本独有的问题，是所有剧种的问题。剧本里头很多唱词，是半通不通的。茂腔里有一种所谓的救命词是吧？"生产队长一声号，社员下地把劲劳""扬鞭催马急急行，翻身跌下地流平"，就是为了押韵，颠倒词序，生造新词。而大量的唱词，实际上都是在重复啰唆，没有推动剧情的发展，多是诉苦调，痴心女子负心汉，从下蛋的母鸡数落到碗里干饭、身上棉衣。有时候唱词脱离了剧情，纯粹地渲染、炫技，你像《赵美蓉观灯》，它那一大段数百句的唱词，基本上是东拉西扯，语言炫技。当然老百姓觉得好，脍炙人口，但这一大段观灯的唱词，与剧情是游离的，或者说是它叉出一个大杈来，跟整个剧情没有关系。这出戏本来是悲情戏，是一个悲剧，加上这么一大段东西，实际上破坏了剧本的文学结构：第一，它不能表现人物的性格；第二，不能表现人物当时那种悲苦绝望的处境和心情，它纯粹变成了一种口头的宣泄，完全为了满足一种语言的快感。所以我想,尽管老百姓喜欢,尤其我们农村的老太太听了这个茄子灯啊,萝卜灯啊,感到很亲切,跟她赶大集一样,这里面把很多的东西,把很多历史掌故数落一遍,这是很多地方戏惯用的办法,但是我觉着这种东西在新的时代里面,显然是不能适应思想的、审美的要求。因此,我觉得茂腔要振兴,首先就是应从剧本上来突破。2007年我去韩国访问过三次,其中有两次,他们都带着我看了韩国的戏《乱打》。英文名为"Nanta",听起来意思像是疯狂地击打,打群架。《乱打》实际上是一场哑剧,表现了在一个厨房里面,为了准备一场宴会,几个厨师之间发生的一些故事。它利用了厨房里头各种各样的器具,锅碗瓢盆、啤酒桶、锅铲、勺子、扫帚、拖把,组织了一场打击乐表演,把各种各样的劳动,切菜啊,端炒瓢啊,全都舞蹈化,非常生动,非常幽默,没有一句台词,但是每个人都可以看得很懂,每个人都能从中得到艺术享受。另外它充分表现了韩国的特色,因为这是一个韩国的厨房,韩国的一帮年轻人,表现了韩国年轻人的思想情感。这么一场剧,在世界各地巡回演出了三百多场,去过美国百老汇,在国际上演出造成很大的影响,后来慢慢地变成了韩国的一张文化名片。外国的文化交流和文化考察团,来到韩国都要看《乱打》,各国的旅游团来到韩国,看《乱打》也成为旅游团一个固定的项目。这台戏向世界各国的人民传达了韩国现代艺术信息,也给韩国带来了巨大的经济收入——票价很贵,有三个班子轮流演出。我想,韩国这台戏也给我们一个启示,就是我们的茂腔能不能在近期内,就是在三五年内,打造这么一台具有高密特色,表现了高密文化特点的,表现我们高密历史现实的,当然也表现我们高密现代精神风貌的戏,让这么一台戏成为我们高密的一张名片,我们走出去,到北京,到上海,到济南,到外地演出。我们的眼光放得更加长远一点,随着高密进一步发展,随着我们进一步改革开放,我想会有更多外国朋友来到高密,除了让他们看我们的山水,让他们品尝我们的美食,欣赏我们的城市美景之外,还要让他们看一看我们的茂腔戏。我觉得这是我们奋斗的一个目标。

新中国成立后,"文革"前,应该说是我们高密茂腔的黄金时代,那个时候没有电视机,广播都很少,电影也很少。当时的茂腔剧团,每次下乡演出,都会造成很大轰动,每天下午吃过午饭以后,小孩都会搬着凳子去抢占座位。在张村演出,周围的王村、李村都会来看,明天挪到另外一个村庄去演,即便看过了依然再去看。当时茂腔演员在老百姓心目中,地位是非常高的。茂腔剧团著名的演员,即便在我们偏僻的高密东北乡,大人小孩也都能随口说出:焦桂英、高润滋、宋爱华、邓桂秀……这些人我们都非常地熟悉。"文革"前,大概六四年或六五年的时候,高密茂腔当时有一台新戏,叫《空花轿》。这个《空花轿》是我们的原创吗? 欸,是从湖南花鼓戏移植的。当时这一台现代戏,我觉得它产生的效果,远远地超过《罗衫记》《铡美案》这些老戏。喜欢老戏的是老太太,她们愿意看,她们一边看一边流眼泪,整个剧情她们都十分清楚,就像我们现在看京剧一样。大部分京剧,我们都知道剧情,真正的戏迷都可以跟着演员往下唱,但是我们为什么还要往下看呢? 这就是演员的魅力,演唱的魅力。演唱过程当中,每一个演员对角色、对唱腔的处理,对角色的演绎,都有独特的魅力,我们这个时候,不是在看剧情,我们是在看人,是在看演员。那么现代戏它就不一样了,我当时是一个十几岁的少年,我觉得《空花轿》要比老戏好看,因为它有新思想、新人物,表现了新生活,表现了新的价值观念跟旧的价值观念之间的冲突。戏里面有一个人物叫狗剩,狗剩镶着金牙,骑着自行车,戴着手表,我们管他叫"失慌"。哎呀,"失慌"得不轻,"失慌鬼子"来了。这个小伙子长得也漂亮,穿得也时髦,应该爱他,但是人家姑娘不爱他。在当时价值观念里边,这样的人是不好的,这样的人"失慌",虚浮张狂不牢靠,姑娘们喜欢那种朴实的、能干的、热爱劳动的,大爷大娘们也喜欢这样的人。所以我觉得这台戏是一台轻喜剧,非常快乐,非常幽默,也传达了当时社会的道德和价值观念,真正发挥了寓教于乐的作用。因此说,我觉得现代戏还是有广阔的前景,并不是说一演现代戏就没有市场了,就抛弃了老观众,就无法使我们传统的表演形式得到保存和展现了。

"文革"前,河南的豫剧《朝阳沟》也是一个十分成功的例子。《朝阳沟》的唱段也可以说到了家喻户晓的程度,很多人,即便我们山东人,高密的人,也会唱其中的一些段落。昨天晚上,吴建民书记就唱了《朝阳沟》中"我坚决在农村干它一百年"这个段子。现在我们回头来看《朝阳沟》,会感觉到不满足,那个时候的人的道德观念,那个时候人的思想风貌,与现在年轻人的想法肯定有距离。为什么我们还是愿意看这些剧,就是因为戏里头有优美的唱腔,有非常鲜明的人物性格。因此,我觉得我们茂腔戏,这种文学方面的、剧本方面的创造,实际上也是两条路。一条是老戏新唱,像《罗衫记》这种东西,当然可以作为我们的保留剧目,来满足一些茂腔老观众的需要。我们茂腔在上世纪五十年代、六十年代培养起来的老观众,他们听到老的经典剧目,听到那种唱腔、旋律,会想到他们过去的青春岁月,因此这些传统剧目可以保留。但是我觉得更应该老戏新编。老戏新编就是为了改变过去的老剧本那种思想落后、艺术粗糙、文学性差的状况。我们要吸收八十年代以来,我们戏曲改革的很多成功的经验。像京剧团的《宰相刘罗锅》《曹操与杨修》这两部戏,应该是八十年代以来,戏曲改革的成功的范例,不仅仅在艺术界造成了巨大影响,而且赢得了成千上万观众的喜爱。有了这两条,它就带来了巨大的经济效益。《曹操与杨修》《宰相刘罗锅》,它们每次在上海演出,都是一票难求。创、编、演一台新戏,刚开始当然需要财政方面的支持,它要有非常华美的舞美设计,它要有非常漂亮的既现代又传统的服装设计,在创作剧本、设计唱腔、配置乐队方面,都要投资,需要经过长期的探讨和磨合,但它一旦变成一个成功剧目推出之后,实际上就变成一棵摇钱树,它会很快地把你付出的挣回来。我觉得要编一台新的历史剧的话,就应该学习京剧团的《宰相刘罗锅》《曹操与杨修》这种成功的经验。如果我们找到他们的剧本,认真地研究一下,就会发现他们确实改变了过去历史剧当中那种陈旧的、落后的帝王思想和腐朽观念,把着重点放在对人物性格的开掘和塑造上。它不仅仅在讲一个故事,它的着重点放在塑造人物、刻画人性上,它能够通过这个事件,表现出剧中人物那种复杂的精神活动,不仅仅是人与人之间的激烈的矛盾冲突,它更加表现出了人内心深处的自我的矛盾冲突。旧戏里也有杰作,如《牡丹亭》《西厢记》《赵氏孤儿》《李逵负荆》等,通过揭示人物内心矛盾,塑造了典型形象。外部的矛盾只能造成一种紧张的戏剧氛围,但内部的矛盾冲突,却可以打动人心。

《赵氏孤儿》围绕着搜孤救孤,人物面临着痛苦抉择、激烈的内心冲突,最后舍弃了自己的儿子,保护了忠臣的儿子,然后又蒙受了巨大的委屈、误解。这个戏非常经典,西方对《赵氏孤儿》的评价,认为不亚于莎士比亚的《哈姆雷特》。所以我觉得,如果我们茂腔要创作历史题材的剧目,应该向着这个方向来努力。我们要塑造一个能够在舞台上立起来的,能够让每个人看了以后灵魂受到震撼的这么一个人物形象,或者几个人物形象。当然也可以走喜剧的道路,八十年代以后的很多地方戏,在这方面做了非常成功的探索,像河南豫剧大师牛得草主演的《七品芝麻官》,最早的时候叫《唐知县审诰命》,还有京剧《徐九经升官记》,新编的戏。这两个戏都表现了七品芝麻官,都以丑角作为戏剧的主要人物,表现得非常好,能够牢牢地抓住观众;除了演员表演得精彩,剧本提供给演员表现的空间,也是非常广阔的。实际上徐九经他也面临着一个巨大矛盾冲突,他灵魂深处有两个徐九经在斗争:你是想升官发财、飞黄腾达呢?还是想恢复到过去那样的不受人器重的状态?或者锒铛入狱,摘掉乌纱帽,甚至还带来杀身之祸?我记得它拍成电影的时候,采用了一种特技手段,让画面上有两个徐九经在争斗。它还有一些经典的唱段,关于做官的官经,大家可以找来看一下。它实际上也是充满喜剧色彩的悲剧,小丑的很多行为、很多表现,令人发笑,包括他形体的动作、他唱腔的设计,但它的内核里边,还是一部非常严肃的关于人的命运的剧,表现的还是人物的内心冲突和情感。

当年我创作的话剧《霸王别姬》上演时,我曾经说过:"所谓历史剧,实际上都是在表现现代人的思想,如果一部历史剧不能引起人们对当下生活的联想,就不能引起观众的感情共鸣,因之也不会成功。"像这种戏,实际上都是在影射现实。

我觉得我们的历史戏就应该从这方面来入手,而且要选择我们高密的素材。前天跟一位市领导谈过,我们高密的历史人物当中,晏婴可以编成一部戏。晏子使楚不辱使命,人人皆知。我们五十年代初小学课本里边,就有这个故事。我们中学课本里边,我们的历史书里边,都有晏子的故事。晏子是我们高密的先贤,晏子的事迹不仅仅是使楚这一点点,还有很多事迹。有一本书叫《晏子春秋》,尽管很多人怀疑是后人的伪作,但是我们不管它,我觉得应该把晏子的故事作为创作我们高密茂腔新剧本的一个选题,我们可以去调查、收集晏子的事迹,然后再在所掌握的史料和传说的基础上,加以剪裁,我们可以大胆地虚构,我们可以把他丰富化。晏子给我们的印象是个子很矮,长相也比较丑陋,总之不是那种仪表堂堂的人,他是像刘罗锅、歪脖子徐九经这样的一种人。但这样的一个人却是一代名相,他的灵魂非常博大,他的谈锋非常锐利,他的反应非常快,学识非常渊博,而且富有斗争经验。这样一个人代表齐国出使楚国,那么机智的反应,斗争有理、有力、有节,确实给我们提供了非常好的创作素材、非常广阔的艺术探索空间。当然我们也可以给他一点喜剧的色彩,包括晏子跟他车夫的谈话等等。晏子的素材我掌握得不够全面,现在提出这个人物,供我们在座文友思考。假如我们今年或者明年,成立一个小班子,写历史题材的戏,这是一个可以考虑的素材。刘罗锅,刘墉刘大人,尽管是高密人,但因为有了京剧《宰相刘罗锅》,有了电视剧《宰相刘罗锅》,我们也很难超过人家,所以不写他了。郑玄也是我们高密人,大儒,硕学郑司农,遍注六经。这么一个人物怎么表现他呢?难度比较大。我们在《三国演义》上读到郑玄跟着经学大师马融学习,马融这个人比较风流,在当时也是比较另类的一个先生,他在讲课的时候,帐后美女列队,但郑玄目不斜视,认真学习。我觉着可以沿着这个情节,次第展开,再详细地考察一下当时历史文化的背景,也可以搞出蛮有意思的戏来。

另外,我想写历史剧这一块儿,其实并不完全局限于我们高密籍人物,当然我们高密的人物最好,其他像诸城的人物、寿光的人物,都可以拿过来,作为我们的素材。郑板桥在潍县,苏东坡在诸城创作了那么多传世名作,这都可以作为历史剧的素材。还有李清照,尽管有以她为素材的京剧、电影,但李清照的戏我想可以继续写。李清照在诸城住过十几年。除了我们高密之外,在我们潍坊地区,在我们山东省还是有很多的历史素材,可以供我们选。我们也可以移植,实际上我们也可以张冠李戴。我们进行一些严肃的政治经济活动的时候,不可以张冠李戴,但是编写历史剧的时候,可以张冠李戴。比如电视剧《宰相刘罗锅》,实际上它把很多现代的事情,发生在别的人身上的事情,都移植过去了。后来的一系列的戏说,像康熙、雍正、乾隆这些戏,实际上都把发生在中国和外国宫廷里的事,移植过来了。所以我觉得不要太拘谨,不要作茧自缚。我们是艺术创作,这个人物不过是原型而已。说句难听的话,可以大胆地编造。当然我们不能编得太离谱。我们不能把现代人的一些行为和思想,挪到故事里去,编的一些东西还要符合当时的那种历史背景,或者说当时人的思想活动方式。

另外一条路,就是应该写现代戏。戏曲改革的根本出路,实际上还是靠现代戏。尽管"文化大革命"

前,我们为了把帝王将相、才子佳人从舞台上赶下去,做了巨大的努力,也达到了这个目的。但是后来呢?我想事实证明搞一刀切,完全把这种历史戏消灭掉,是不科学的,那八部样板戏也满足不了这么多中国人的需要。历史戏可以保留,但是我认为,我们的戏曲改革,必须把现实生活表现进去,否则就是一种古老的艺术形式演古老的事情,就跟整个的当代生活、当代社会脱节。任何一门艺术一旦跟当代生活严重脱节,那么这种东西就变成了化石,它就没有生命了,因为它已经跟老百姓的生活不发生任何联系了,也就难以跟当下的人心发生联系;艺术如果不能感动人心,那么它自然就会死掉。所以,写现代戏是必然的。

现代戏怎么写,也确实是个问题。我九十年代回来的时候,茂腔剧团在排一部名叫《根的呼唤》的戏。这个剧本我看过,我提出了很多的修改意见,但他们一条也没有接受。这个戏是为了配合当时的整党运动而写,试图塑造一个一心为人民的、立党为公的好干部形象,但因为很多情节太假,脱离真实生活,所以演员演得假,观众看着更假。我觉着这个戏从艺术角度上衡量是失败的。我们现在要写戏,要振兴茂腔,不要目光短浅,我们不要把政治跟艺术捆绑得那么死、那么牢。当然任何一种艺术,无论是诗歌、小说,还是戏曲,它确实难以跟政治完全脱离关系,因为你想表现时代,时代就是跟政治密切相关的。你要表现当代的生活,你当然也难以摆脱政治的影响。但是我想说《根的呼唤》这样主题非常明确、配合形势的创作,是违背了创作规律的,这样写出来的东西很难成为精品。尽管可以得奖,尽管在当时造成很大的动静,搞得热火朝天的,但是过上那么几年,就没多少价值了。写茂腔现代戏,我们就应吸取《根的呼唤》的教训。我那天当着市委书记的面说:新编茂腔戏,不仅仅是给你书记看的,当然你可以成为我们的一个观众,就像你看《朝阳沟》,看《四进士》,看《红灯记》一样。你是我们一个观众,但是我们不是为你写戏,我们也不为其他的领导写戏。我们是为广大的观众写戏,为人民群众写戏。有了这个前提,我们就可以放开手脚。第一,写这个戏可以以高密的事件作为素材。但我们不要受这个事件的束缚,比如书记提到是不是可以以高密除氟改水作为我们茂腔新戏的一个素材,我觉得当然可以。除氟改水这个事件是高密的,但是我们在剧里边塑造的人物,他就应该属于艺术,他是属于这个故事的,他并不仅仅属于高密。我们在这个戏里边,当然可以塑造一个市委书记、一个市长,或者塑造一个乡镇的党委书记,一个正面人物形象,我们当然可以从市委领导身上,或者其他人的身上,吸收一些细节,作为我们塑造人物的需要。但是我们这个人物写的不是高密的书记,也不是高密的市长,我们塑造的是一个典型人物,这个典型人物身上,集中体现了党的干部的优秀品质。但他既然作为一个人,就不可能像我们过去那八部样板戏里的人物那样,是高大的、完美的、没有任何缺陷的。一个人他是要有个性的、有特点的,他得有他非常令人钦佩的一面,他有他的高风亮节,但他身上也有作为一个普通人的一面,他也有他的喜怒哀乐,他也有他的家庭,有他的亲属,有他的公与私的矛盾,有他的感情跟社会现实之间的矛盾,所以我觉得我们就是应该把艺术,把塑造人物放到第一位。在座的肯定有写过剧本、写过小说的同行,大家也都知道,我们要设置尖锐的戏剧冲突;戏剧必须有矛盾,必须有冲突。我想第一场戏就应该把矛盾呈现出来,有各种各样的矛盾:有人跟自然的矛盾、人跟人之间的矛盾;有老百姓跟官员之间的矛盾、官员跟官员之间的矛盾;也有人自身内部的矛盾,他的这种善的、美的、正义的东西,跟他的私欲,跟他作为凡人的七情六欲之间的矛盾。我觉得一开始就把人物放在矛盾的风口浪尖上来展示。那么这个戏怎么写?就是要把我们高密茂腔的特点,把我们高密的历史现实,通过这个戏表现出来。我觉得这需要我们大家群策群力,我们大家来共同商量。所以这就涉及一个问题,我觉着就是应该,怎么说呢,首先要有财政的支持。既然我们要振兴茂腔,就不应该让我们的茂腔剧院自生自灭,我们政府在财政上,应该给予大力的支持,保证我们的主创人员能够集中精力地进行艺术的思维和创作。另外,我觉得要有组织落实。组织落实就是说我们现在这种剧本创作,职业的编剧,靠一个人的力量在短期内写出一个很成熟的剧本,难度确实很大,是不是可以有一个短期的,哪怕是一两年的,由我们这些有创作热情、创作基础的同志组成的,三五人的创作小组?别的单位是不是可以借调出来?前几天晚上,我也跟市里领导探讨过这个问题,他很赞同。我们有这么一个小班子,然后确定几个选题,比如说晏婴的戏、除氟改水的戏,或是拆迁、钉子户的戏,或者是刘连仁的戏,我们商量,看看哪个最可行,哪个最具操作性,然后,集中起来,用现在北京流行的一句话说,叫"侃剧本"。像一个电视剧,实际上我觉得很重要的就是策划。十个人八个人,坐在一块儿,侃他十天半个月,一稿不行再推翻,就是你一嘴,他一嘴,你可以给我否定,我可以给你否定,最后把一个大概的剧情的梗概侃出来。然后我们再来分场,因为戏剧相对长篇小说的写作,还是比较简单,它确实具备集体操作性,小说、诗歌这个集体创作难度太大了,是吧?但是剧本呢,我们成功的经验很多,组织一个创作组,当然里边有主笔,大家集思广益,先侃剧本,然后一步一步地分场,写完了再讨论。总而言之,先把剧本弄好,弄好剧本以后,我们再进入其他后续操作。

有了好剧本仅仅是个基础,接下来就是一个演员的问题,好演员跟好剧本是相辅相成的。有时候好剧本可以捧红一个演员,但这个演员必须具有好演员的素质,如果一个好剧本,落到一个一般演员手里边,他表现不出剧本所包含的东西来,这个剧本也就演砸了。假如这个演员有一流演员的素质,但一直没有碰到好本子,这个演员就像千里马拉盐车一样,也就糟蹋了。有了好剧本,然后再有好的演员,好演员跟好剧本就比翼齐飞了。我们高密茂腔,因为社会变革,演员队伍处于青黄不接的状态。孙红菊唱得当然很好,可孙红菊之后大概是后继无人,或者后继乏人,是吧?孙红菊四十多岁了,正当盛年,好好演的话还能再演十年戏,但是目前这个状态,让她演小花旦,演年轻一点的青衣,已经有一点点不太对了。所以我觉得我们的演员队伍现在确实处在一个非常困难的状态,我们的主要演员能够上台的、能够站得住的,也就那么几个人。作为一个剧团,如果没有十几个或者五六个台柱子演员,各个行当没有代表性的人物,再好的剧本也难演好,一流的剧本很可能演出二流的剧目来。我们的男演员,好像是基本没有了,是吧?年轻人更少,有几个可能都五六十岁了。你让一个五六十岁的人上去演二十岁的年轻人,就不对了。尽管扮相可以年轻,可你再怎么扮,身体已经老了,身上没有了,或者说心有余而力不足了。他还想努力地表现出那个样子来,但是他身体已经跟不上他那个意念了。所以说从手眼身法步上,一看就知道是什么样的演员,什么年纪的演员。在目前这个状况下,我觉得紧迫的一个问题是培养演员。昨天晚上我们看到来自河崖镇的那个小女孩上台演唱茂腔,那个小女孩就是个很好的苗子,这个小孩如果我们把她招进来,进行传帮带,三两年就可以上台,七八年后就可以当顶梁柱。所以当务之急,还是赶快培养年轻演员,从娃娃抓起。一个救急的办法就是从现在二十来岁的年轻人当中选拔一下,看看有没有这方面有很好潜质的人,进行短期的培训,快速上台。但这个即便有,马上上台可以,让他一下子进入炉火纯青的状态是做不到的,演员必须有童子功,无论是京剧,还是别的剧种。我们的茂腔可能要求低一点,但也是要从小培养,他要身上有、嗓子有、扮相有,有这方面才华,再经过刻苦的、从小的锻炼,才能成才。一个剧种,不仅仅要有唱功好的,还要有武场,还要有翻跟头的。那么,这些演员的培养,应该是一个长期的规划,我觉得从现在开始下决心,资金到位,组织落实,有远大计划和理想,三五年就可以弄出戏来了,但是要达到辉煌的程度,进入我们全盛的时期,大概需要十年的时间。

所以不管怎么样,我们第一步先从剧本着手,我们先有了戏,然后我们再慢慢地选演员。昨天我也跟那个小演员讲了两句。我跟她说:"你现在不要光看茂腔,不要光看茂腔的 VCD,也不要光学茂腔,要看京剧,看黄梅戏,看河北梆子,看河南豫剧,看上海、浙江的越剧,要广泛地涉猎别的剧种。"因为茂腔也跟高密的"三宝"一样,面临着继承传统和创新的问题,我觉得继承传统最根本的目的,还是要创新。尤其是我们的戏剧,舞台表演艺术,如果我们仅仅要满足那些老观众的需要,那我们不要任何的创新,我们越是原汁原味,越能赢得老观众的欢心,京剧也是这样,其他的剧种也是这样。我们现在七八十岁的老观众,看见焦桂英上来，那么土腔土味一喝咧，大家喝彩，原汁原味的茂腔来了，听着过瘾啊，舒坦啊。但是光靠这个肯定不行，我想茂腔将来真正面对的观众，不是这批老观众，这批老观众会慢慢随着时间和岁月消失。如果我们不能培养起年轻的、新的观众队伍，这个戏还是没有出路。京剧实际上是我们的国剧，从九十年代开始，领导非常关注，为了纪念徽班进京二百周年，以天津京剧团作为一个核心阵地，掀起了一个振兴京剧的高潮。当然，后来也办了一个戏剧的研究生班，这几年的努力，还是大见成效的。大见成效一个重要手段就是和电视联姻。戏曲之所以萎缩，是受到了电视的巨大冲击，现在京剧和其他的剧种振兴，恰恰是"化敌为友"，他们意识到现代传媒不可抵抗的力量，它是真正地深入千家万户的，那么戏曲就跟电视联姻。中央台有十一频道，河南有《梨园春》。河南《梨园春》是首开先例，非常成功，现在变成了一个全国电视行当知名的金牌栏目，广告应接不暇。由于它有巨大的号召力，就带动了一个群众性的戏剧运动。你看看河南《梨园春》那帮年轻的小孩，三岁五岁的，一个个字正腔圆,声情并茂,什么样的力量啊？就在于《梨园春》这个金牌的栏目,通过电视媒体产生了一种巨大的感召力。当然也有其他手段,它有擂台赛,有物质刺激,年度金奖获得者当场就可以开一辆轿车回家。但是我想这种物质的刺激,它是一个原因,但不是主要原因,因为一旦形成一种氛围以后,它就会焕发人们心中沉睡日久的对戏剧的、对艺术的热情。人听戏和唱戏,说句难听的话,像抽烟一样,他要有瘾头,一旦上瘾以后,那就没有办法了。以前在农村我也听过戏迷的故事：儿媳妇是戏迷,老公公也是戏迷,老公公和儿媳妇,烧着火贴饼子,外边锣鼓家什一响,儿媳妇把饼子贴到了公公的额头上了。然后,抱着孩子去听戏,跑到地里摔了一跤,爬起来抱起孩子继续跑,跑到戏台前坐下,解开怀喂孩子吃奶,低头一看,怀里抱着一个方瓜。急忙跑到方瓜地里去找孩子,一看方瓜地里一个枕头。抱起枕头跑回家,一看孩子还在炕上睡觉呢。这当然是夸张的笑话。戏曲,确实有令人入迷的东西,它会让人上瘾,让你终生难以摆脱。我觉得《梨园春》就用这样一种方式,刺激了河南人的戏曲热情。

你们家的小孩上台表演,电视上全国都能看到,而且这个《梨园春》去过澳大利亚,去过南美洲,去过欧洲演出,多么风光。很多小孩在舞台上,真是表演得好,大家都赞不绝口,台上台下,人们心里头这种巨大的愉悦,也刺激了其他的家长,你们家的小孩能唱,我们家的小孩也可以唱啊。这就跟我们打乒乓球一样。中国为什么出现了那么多的世界冠军?为什么一个中国的二流的乒乓球运动员,被国家队淘汰的都可以到别的国家当教练,当主力队员?就在于它有广泛的群众基础,有了群众基础,就形成了一个宝塔。河南就在于形成了广泛的群众戏曲运动,在这么一个群众基础之上,人才埋没不了。我相信在我们高密市,在我们每一个乡镇里边,都有戏曲天才,这些天才得不到开发就埋没了,一旦被发现了,经过培养他就可以成才,所以我觉着我们可以吸收河南《梨园春》的成功经验。我们也可以借鉴中央台十一频道的经验,让高密市的电视,这个现代的媒体,为振兴茂腔积极配合,把茂腔普及到千家万户,掀起一个学茂腔、唱茂腔、编茂腔的小小的高潮来。一旦人们都关注这个事情了,他自然就要看,群众基础有了,爱好者多了,人才也就慢慢地涌现出来了。一个演员无论他多有才华,唱得多么美妙动听,他在舞台上表现得多么生龙活虎,假如没有观众,那他也没有意义了,他就改行了;假如他每一场爆满,台下一片喝彩,走在大街上被人一眼认出来,"哎呀谁谁来了",那么我想这个演员的艺术才华,就可能得到加倍的发挥。

总之,我们的茂腔要振兴,难度的确很大,但我想通过大家的共同努力,假以时日,我们一定能创排出新戏好戏,茂腔肯定会产生更大影响,甚至再造辉煌。

我先说这么多,东拉西扯,门外谈戏,仅供大家参考。

莫　言

2008 年 2 月 2 日

一本书打开一个世界

欢迎订购、合作

订购电话：0571-85153371

服务热线：0571-85152727

莫言读书会　　KEY-可以文化　　浙江文艺出版社　　京东自营店

关注 KEY- 可以文化、浙江文艺出版社公众号，
及浙江文艺出版社京东自营店，随时获取最新图书资讯，
享受最优购书福利以及意想不到的作家惊喜